Bunkers bouwen

René Stoute
Bunkers bouwen
Verhalen

Amsterdam · Uitgeverij De Arbeiderspers

Omslagtekening: S. Zuiderland
Omslagontwerp: Nico Richter
Druk: Tulp, Zwolle

ISBN 90 295 4678 6

Inhoud

'Ja, je wilt geen dupe zijn van een collectiviteit, meen ik, uit naam van wat? Van het individualisme? Dan ben je dáár gemakkelijk de dupe van. Er is geen enkele reden om aan te nemen dat over duizend jaar het geloof aan het "ik" niet even belachelijk geworden zal zijn als het geloof van een vuuraanbidder voor ons. Voor de boeddhist is het dat nu al.'

Héverlé tegen Ducroo in *Het land van herkomst* van E. du Perron, blz. 153

DE WET 2

En passant
amuseer ik mij.

Soms
knijp ik 'm als een ouwe dief.

C. B. Vaandrager in
Totale poëzie

Voor Brechje en Laurie

Blues voor Joshua

De versoepeling van de gevangenisreglementen, zoals die de laatste jaren mondjesmaat door het ministerie werd uitgevaardigd, drong ook door in het Huis van Bewaring te L., waar ik een onvoorwaardelijke straf uitzat. Via cel aan cel verspreide stencils werd de gevangenen op een ochtend medegedeeld dat zij, met ingang van de volgende dag, tijdens het luchten niet langer gemaskerd over de binnenplaats hoefden te marcheren.

De tweede versoepeling behelsde de afschaffing van de knellende & loodzware, dofzwarte bajesklompen die je verplicht was te dragen en elke dag moest poetsen. Daarbij mochten zij die bij hun insluiting over eigen burgerkleding beschikten, voortaan de veel te grote of net te krappe kaki overals verruilen voor hun eigen kleren.

Zo zou het ook, beloofde de directeur in het stencil, een goede traditie worden om de gevangenen elke oudejaarsavond een uurtje langer op te laten blijven (dat wil zeggen het grote licht en de radio een uur later uit te schakelen) en ze tevens een van Rijkswege verstrekt zakje Beste Wensen te overhandigen. Een vetvrij papieren zakje waarin twee oliebollen plus twee appelbeignets alsmede een envelopje poedersuiker, kon, zo hoopte de directeur, een lichtpuntje betekenen voor hen die tijdens die donkere dagen, ver van huis & haard, onder ons verkeerden.

Dit revolutionaire stencil werd ons uitgereikt vlak na de paasdagen toen we ook al verrast werden met een extra hardgekookt ei bij de ochtendthee. En ofschoon het eten op die feestdagen hetzelfde kleffe hutspotje was als anders, gonsde het vanaf die tijd van de geruchten in het gesticht. Wilde verhalen deden de ronde. Iemand wist te vertellen dat het bezoek spoedig zou worden opgetrokken van een kwartier tot een half uur per week en dat je dan in groepen gemeenschappelijk bezoek kreeg in de kerkzaal. Een ander beweerde verlekkerd dat pornoboekjes min of meer gelegaliseerd zouden raken en misschien zelfs in de kantine gekocht konden worden. Daar ook ik mijn idealen koesterde, slingerde ik beurtelings heen en weer tussen scepsis en hoop waar het de veelbesproken voor de deur staande veranderingen betrof. Met opzet mengde ik me niet al te veel in de discussies die op de luchtplaats en tijdens de koffiepauzes op de kartonafdeling gaande waren; scepsis omdat ik lang genoeg achter de deur vertoefde, hoop omdat mijn idealen nog niet geheel en al verschrompeld waren. Vooruitlopen op gebeurtenissen is in de gevangenis een zinloze zaak, je doet er beter aan met de dag te leven. De uren kropen of vergleden, naar gelang mijn stemming mijn langdurig verblijf in het gesticht ondraaglijk dan wel hanteerbaar maakte. Het hielp dat de aangekondigde herzieningen der reglementen inderdaad op de punten kleding, maskers en marcheren, in praktijk gebracht werden en dat een bewaarder mij verklapte dat er achter de schermen aan de bezoekregeling werd gewerkt. Ik besloot mijn ogen en oren goed open te houden.

Er ging wederom een stencil van de directie uit. De inhoud had op mij het effect van een handvol peppillen. Plantinga, de bewaarder die mij het stencil in mijn cel overhandigde, zag er nog zuurder uit dan anders toen hij mij met zijn zuinige lippen 'van de directie' toebeet en met tegenzin het stencil in mijn handen duwde. Ik nam het papier aan, las het en legde het weg om het even later weer op te pakken, opnieuw te lezen, over de inhoud na te denken en uiteindelijk op te springen en opgewonden tussen de muren te ijsberen.

INDIEN ER VOLDOENDE BELANGSTELLING VOOR BE-STAAT MOGEN DE GEDETINEERDEN ZELF HUN AFGE-VAARDIGDEN VOOR EEN TE VORMEN GEDETINEER-DENCOMMISSIE KIEZEN, luidde de belangrijkste zin in het stencil. Een commissie van en voor gevangenen, ver-tegenwoordigers van de diverse vleugels, die regelmatig in overleg zou treden met directie en bewakend perso-neel! Maar dat is fantastisch, riep ik uit, mezelf in de arm knijpend. Ja, zei ik er ogenblikkelijk achteraan, te mooi om niet naar adders te ruiken, maar dan nog... we zouden het kunnen proberen, dingen verbeteren, naar de klach-ten van de maten luisteren en die klachten aan de staf overbrengen... waarom niet, er is altijd een kans, we heb-ben niets te verliezen! Aldus denkend had ik plotseling haast om er met anderen over te praten. Het zou nog een uur duren voor het ochtendluchten begon.

Die commissie is er gekomen. Ik stelde me kandidaat voor de B-vleugel en werd met twee stemmen voorsprong op mijn directe belager gekozen. En ook al waren mijn verwachtingen niet zo hoog gespannen dat wanneer ik kwam te vallen de teleurstelling mijn galg zou blijken, toch had ik vage hoop dat er hier van een historisch mo-ment sprake was. Waar hoop de gedachten kleurt wordt het in de gevangenis soms erg moeilijk om met de dag te leven en inderdaad geen verwachtingen te hebben.

Het commissiewerk bleek voor het grootste deel uit vergaderen te bestaan. Vergaderingen die vooraf werden gegaan door vergaderingen waarin we de bij ons binnengekomen klachten bespraken en de te volgen tactiek planden. Elke week stond ons daartoe een kamertje ter beschikking dat we een uur lang mochten gebruiken.

Schuifbuik, de recreatiemeester die tevens commissievoorzitter was, een Staatsambtenaar wel te verstaan, had er een handje van ons bij voorbaat te temperen en al te drieste voorstellen met een kalmerend praatje de kop in te drukken. 'Alles goed en wel jongens,' zei hij dan, 'maar dat kun je zo op die manier niet met de directie bespreken.' Of: 'Dát kan natuurlijk niet, dat snappen jullie zelf wel.'

Wij hadden de man nooit gevraagd onze vergaderingen voor te zitten; de directie had hem benoemd. Een luistervink die zich overal mee bemoeide en op recreatiegebied voor de dag kwam met pingpongen en de radioprogramma's van een ziekenomroep, in 't bijzonder gericht op bejaarden.

Hij had een stem als een borrelend schijthuis en deed zich voor als tof. Wij mochten hem tutoyeren: 'Theo voor jullie jongens, zeg maar Theo.' Hij was, zei hij, geïnteresseerd in hoe wij ons voelden in de gevangenis: 'Wat lééft er nu onder jullie jongens.' Zo link als een looie deur, die Theo Schuifbuik.

De bedoeling was dat er elke maand vergaderd zou worden om niet te veel tijd te laten vallen tussen het moment waarop een klacht gedeponeerd was en het moment waarop hij aan de orde zou komen. Dat boog de directie om tot het flexibele begrip 'vergaderen als er behoefte aan is'. En zij voelden daartoe niet dikwijls behoefte.

Daar was bij voorbeeld die keer dat wij een urgente vergadering wilden beleggen om te praten over de wrevel die bij sommige gevangenen ontstaan was ten aanzien van de filmmiddagen.

Met de versoepeling had ook de katholieke geestelijkheid meer armslag in 't gebouw verkregen. Zonder waarschuwing vooraf ging de pater er plotseling toe over ons eens in de vijf weken in de kerkzaal op een natuurfilm te vergasten. Op die zondagmiddagen vertoonde hij zijn saaie landschappen. Zijn vlakke stem met het hinderlijke Limburgse accent leverde er via een bandrecorder commentaar bij. Tweeëneenhalf uur bomen en ritselend struikgewas. Ook niet-katholieken waren welkom op deze middagen.

Er waren gevangenen die zeiden beslist niets met de pater te maken te willen hebben. Enkele protestanten drongen aan op een soortgelijke middag van de dominee. De dominee wrong zich machteloos de handen en sprak bedroefd: 'De kerk beschikt niet over de nodige middelen, wel kan ik volgende zondag een prachtig zangkoor engageren.'

Minder gelovige broeders vroegen om gangsterfilms, westerns en harde porno. Er werd gemord. Wij wilden een vergadering uitschrijven, de directie liet er twee maanden overheen gaan waarna wij te horen kregen dat als het een probleem zou worden het filmdraaien helemaal gestaakt zou worden. Op de eerstvolgende filmmiddag van de pater zat de kerkzaal vol.

Als er een vergadering belegd was werden we door de directeur op zijn werkkamer ontvangen, kregen een kopje echte koffie en sigaretten gepresenteerd en ook nog een handje van de adjunctdirecteur, de huismeester en zijn trawanten. Wij zetten ons aan tafel en de directeur gaf het woord aan Schuifbuik, die in zijn hoedanigheid van commissievoorzitter de vergaderingen mocht openen.

Dan werden de notulen van de vorige keer besproken en nieuwe knelpunten te berde gebracht. Zo besteedden wij eens geruime tijd aan de vraag of de gevangenen ja

dan nee LOLA-afwasborsteltjes van het Rijk konden be-
komen. 'Punt I, meneer de directeur,' las Schuifbuik met
zijn diarreestem, 'betreft het verzoek van de commissie er
toe over te gaan de gevangenen een afwasborsteltje te
verstrekken. Zij moeten nu hun borden en bestek met
hun vingers schoonmaken of voor eigen geld een borstel
in de kantine kopen.'

'Juist,' zei de directeur, in zijn papieren bladerend. 'De
afwaskwestie. Welnu, wij hebben dat de afgelopen weken bestudeerd, er is ook contact met Den Haag over geweest en we hebben echt de zaak terdege bepleit, maar
zoals ik al vreesde blijkt het budgettair onmogelijk.'

De directeur glimlachte flauw. 'Misschien kan meneer
Van Geel daar iets meer over zeggen.'

Van Geel de adjunctdirecteur. De frisse wind in de gevangenis. Een pijproker die, ofschoon hij minstens veer-
tig was, de benjamin van de staf was. Zijn ringbaardje
liet zijn bovenlip vrij en gaf hem het aanzien van een
kleuter met abnormale haargroei. Hij praatte langzaam
en studentikoos en nam daarbij zijn pijp uit zijn mond om
er mee naar ons te wijzen.

'Er is geen wettelijke bepaling die ons voorschrijft afwasborstels te verstrekken, laten we dat even vaststellen.'

Iemand van ons wilde iets zeggen maar Van Geel wees
met zijn pijp en zei: 'Nee, nee, straks mag jij, nu ben ik
aan het woord. Er is dus geen wettelijke grondslag voor
jullie verzoek. Dat ten eerste. Met al die extra activiteiten die er georganiseerd zullen worden straks met de
kerstdagen is het gewoon geen haalbare kaart jullie verzoek te bekostigen. We moeten niet vergeten dat ons
slechts beperkte middelen ter beschikking staan en daarvan willen we zo goed mogelijk gebruik maken. Er zijn
op dit moment andere prioriteiten.'

Van Geel leunde achterover in zijn stoel en sabbelde

vergenoegd aan zijn oudelullenpijp. De directeur was zichtbaar in zijn sas met zijn adjunct. Die Van Geel zou het nog ver schoppen in het vak.

'Meneer de directeur ik wil u toch verzoeken deze zaak nogmaals bij het ministerie aanhangig te maken,' hield Daan de bibliotheekhulp aan. 'Het is toch niet te veel gevraagd zo'n afwasborstel.'

'Meneer,' reageerde de directeur koeltjes, 'u heeft de adjunctdirecteur gehoord. Volgende agendapunt alstublieft, meneer Schuifbuik.'

'Volgende punt, meneer de directeur, is het steeds terugkerende verzoek of de gedetineerdenkoffie in kwaliteit verbeterd zou kunnen worden.' Schuifbuik keek naar de huismeester alsof hij al verwachtte dat daar het antwoord van zou komen. En ja.

'Wat is er mis met die koffie, da's toch hele beste koffie?'

'Bleke drab met een bijsmaak,' riep Kale Tonnie onze secretaris.

'Kom nou toch,' zei de huismeester driftig, 'die koffie is toch beste koffie. Ik drink ze zelf ook wel eens, kom nou toch Moorendrecht.'

'Zeker levensmoe,' fluisterde ik tegen Daan.

Een van de bewaarders bood aan zijn vrouw om een oude nylonkous te vragen om daarvan een koffiefilter te fabriceren die beter de prut zou opvangen. Hierom moest de directeur hartelijk lachen.

'We zullen eens zien,' zei hij geamuseerd. 'Volgende punt, meneer Schuifbuik.'

Anderhalf uur vergaderen over LOLA-afwasborsteltjes, koffiefilters, gemaakt van nylons waar een bewaardersvrouw met haar eczeembenen in gezeten had en andere huishoudelijke problemen.

Op de meeste van onze voorstellen antwoordde de directeur door glimlachend van ons naar zijn adjudanten te kijken en dan een gedecideerd 'onmogelijk' of 'verworpen' te laten horen. Wanneer onze commissie eens voet bij stuk hield en een noodzakelijke verandering verdedigde, priemde de huismeester zijn kraaloogjes in ons voorhoofd als om de commissie te herinneren aan zijn tucht die buiten de vergaderuren heer en meester bleef.

Op ons rustte dan de zware taak dit aan onze achterban te verduidelijken.

Ik kwam van de werkzaal af toen ze Joshua binnenbrachten. Een grote neger met een rode baret op zijn hoofd. Stappen nemend als een basketballer, nieuwsgierig om zich heen kijkend, tussen twee bewaarders in die hem maar net bij konden houden.

Ik leerde hem kennen als een fidele, ietwat paranoïde medegevangene bij wie ik mijn Engels kon ophalen en dan speciaal het Newyorkse negerslang. Zijn jivetalk was prachtig om te horen. Iemand die 'okay' was en swingde heette 'a bad mother'. Als hij wilde weten wie een bepaalde gevangene was vroeg hij: 'say man, who's that dude over there swingin' his leg like a cat in the rain?'

Ik vond het plezierig om zo nu en dan zijn gezelschap te zoeken, wat grappen te maken en informatie uit te wisselen. Josh kon met veel nuances in zijn stem smakelijk vertellen over de samenzweringen die de FBI en de CIA tegen hem beraamden.

Naar zijn zeggen oefende de Amerikaanse ambassade druk uit op de directie om hem het leven binnen de gevangenismuren onmogelijk te maken. Toen er een keer bezoek van de ambassade voor hem was weigerde crazy Josh uit zijn cel te komen en zijn landgenoten te woord te staan.

Het tragische aan hem was dat hij door zijn achterdocht zoveel weerstand bij het personeel opriep en zichzelf steeds op de verkeerde momenten te sterk manifesteerde, waardoor hij blootstond aan allerlei pesterijen, en er van overtuigd raakte dat hij zijn leven in de gevangenis niet zeker was. Hij hield ervan om te 'rappen' en de 'shithousesystems' aan de kaak te stellen. Hij was het die mij vertelde over Lenny Bruce. 'A white nigger who knew too much and never stopped telling them so. Until they killed him, Jack. But he sure was funny! Man, that cat was CRAZY!'

Joshua leende mij het boek van Bruce *How to talk dirty and influence people*. Ik las het in één ruk uit.

'I knew you would,' zei Josh, 'dig it baby, dig it.'

Joshua was erg geïnteresseerd in de gedetineerdencommissie. Hij vroeg me hoe het er toe ging, maar als ik hem dan vertelde van de afwasborstels, de superieure houding van de directeur, de progressiviteit voorwendende adjunct en de dooddoener waarmee Schuifbuik – de luis in de pels van de gevangenisrevolutie – de vergaderingen afsloot: 'volgende keer gaan we er weer hard tegenaan jongens', wilde Joshua mij niet geloven en wuifde hij mijn bezwaren weg.

'You've never been in the States baby, this here sounds good!'

Toen er dan ook besloten werd de buitenlandse inmates een eigen vertegenwoordiger te laten kiezen, was Joshua niet meer te houden. Enthousiast gaf hij zich op bij Schuifbuik. Hij diende een briefje in te vullen waarmee hij zich kandidaat stelde, waarna de verkiezing werd uitgeschreven. Na de stemming moest je het aan Schuifbuik overlaten de tellingen eerlijk te verrichten.

Het leek me niet nodig om Joshua, die al eens op hoge poten een warrige en ongetwijfeld serieus bedoelde brief schreef naar de Volksrepubliek China om zich te beklagen over de ongenietbare klonterrijst die ze hem in het gesticht voorzette, en de inferieure kwaliteit van de pingpongballen waarmee niet te serveren viel, met demoraliserende praat lastig te vallen. Die jongen was één bonk energie. Zijn op Amerikaanse leest geschoeide verkiezingscampagne getuigde van een hartverwarmende spontaniteit.

In het waslokaal en op de ring hing hij zijn handgeschreven kandidaatsposters: VOTE FOR JOSH for GOOD FOOD & NICE MUSIC! en JOSH FOR PRESIDENT!

De gevangenen gniffelden en Josh ging handenschuddend en handpalmen klappend over de ring op huisbezoek om zich alvast van voldoende stemmen te verzekeren. Alleen de cheerleaders en de brassband ontbraken. En als Joshua over geld had beschikt zou hij het gemis aan steekpenningen, die bij een verkiezingscampagne naar Amerikaans model niet mogen ontbreken, hebben goedgemaakt met douceurtjes voor degenen die hem hun stem toezegden.

Uiteraard scheurden de bewaarders, Plantinga voorop, de leuzen van de muren. 'Dat is no possibul eh mister,' vermaande de verbolgen huismeester in een zwakke poging buiten zijn geboortestreek te spreken, 'dat is verboden, eh, verbitten, mag niet.'

Joshua begreep er niets van, maar hij liet zich niet zomaar de ballen afknijpen. Hij vertelde iedereen die het horen wilde dat hij veranderingen zou doorvoeren waar wij nog eens versteld van zouden staan.

De enige tegenkandidaat bleek een oude, half dove Chinees te zijn die, ingesloten voor het verhandelen van tweeëntwintig kilo opium, weliswaar op de steun van de circa negen op de C-vleugel huizende Singapore-Chinezen kon rekenen, maar geen werkelijke concurrentie voor Joshua betekende.

De bejaarde Chinees, zo vernamen wij later, was in zekere mate door de bewaarders geprest zich verkiesbaar te stellen. Ik zag ook niet hoe de Chinees binnen de commissie de overige buitenlanders van nut kon zijn. Immers: zij spraken voor het merendeel geen Chinees en hij kon slechts 'good molning' in het Engels zeggen. De oude baas was trouwens, nu hij geen pijpen meer kon schuiven, zo verzwakt en in de war dat ik vreesde dat er een brancard aan te pas zou moeten komen om hem naar de vergaderingen te brengen.

'I'm confident Jack,' vertelde Joshua me, nadat de datum van de tweekamp was vastgesteld. 'I'm gonna beat that old man's ass, you just watch me sonny. All I have to do is wait for the votes the guys up here will lay on me and then BANG!'

Joshua sloeg met een vuist in zijn handpalm, draaide een rondje op zijn hakken, hief zijn armen als een priester en zei diep in zijn keel: 'man, you just watch me.' Waarna hij de minuten die we op de gang, wachtend op de dokter, samen hadden, volpraatte met anekdotes over zijn favoriete jazzmusici. Zinnen gelardeerd met 'way out man', 'he had a mean horn that dude, I mean he was real bad' en 'he was the coolest nigger of them all'.

Ik wist een slaappil bij de dokter te versieren. Joshua kreeg te horen dat hij het maar eens met gymnastiek voor het naar bed gaan moest proberen. Dat was voor hem alweer een bewijs dat ze hem er onder wilden krijgen. Maar na zijn verkiezing in de commissie zou dat allemaal anders worden.

De dag van de verkiezingen trof ik de kandidaat op de luchtplaats. Ik ging naast hem lopen en groette: 'How's breakfast uncle Tom?'

Hij grinnikte en antwoordde, zijn lange armen in de

lucht wapperend: 'Ready in two minutes mistuh Charlie sir.'

Waarop we beiden in de lach schoten, elkaar op de schouder sloegen en handpalmen swingden.

De reglementsclausule betreffende het luchten op de binnenplaats moest grondig gewijzigd zijn: niet alleen de benauwde maskers en het stompzinnige marcheren waren afgeschaft, ook het verbod om stil te houden en groepjes te vormen, was sinds enige tijd opgeheven.

Het was een mooie nazomerdag. Gevangenen stonden in hemdsmouwen bij elkaar pratend in hoeken van de luchtplaats. Anderen kuierden rondjes en niemand die zich stoorde aan de bewakers die, wachtlopend op de muur en hangend tegen de toegangsdeur naar het cellenblok, toezicht hielden.

Josh stootte even mijn arm aan, dempte uit gewoonte zijn stem en vroeg me of ik hem aan kon turnen. Het was in de tijd dat bananeschillen roken erg in zwang was.

De gedetineerdencommissie had ooit geprobeerd de staf zover te krijgen dat de gevangenen twee keer per week een banaan toe kregen, maar Van Geel de adjunct-directeur las buitenlandse magazines en herkende de plotselinge zucht naar bananen als een in de vakliteratuur gesignaleerd zoeken naar kicks. Na een uur intensief vergaderen werden wij met een extra appel naar onze cellen gestuurd.

Naast bananeschillen was er een stille markt voor nootmuskaat voor de junkies en andere gebruikers, after shave voor de alcoholisten en aspirines voor de zwaarmoedigen.

'Can you turn me on man,' vroeg Joshua nogmaals.

'It's tough man at the moment,' verklaarde ik.

'Yeah, I know,' beaamde de kandidaat, terwijl wij op ons gemak de benen strekten, 'but you know baby, today is the big day and you're my main man, right?'

Ik schoof hem een opgevouwen papiertje in zijn hand. 'Can do a little nutmeg man, that's all.'

Een bewaarder blies schril en langgerekt op een fluit. Josh porde me in mijn zij, ik knipoogde en wenste hem good luck.

Zonder zich te haasten drentelden de gevangenen richting deur. Verbazend hoe rap wij aan die regimesverbeteringen wenden. Nog geen halfjaar daarvoor draafden wij één twee drie hup! roepend gedisciplineerd de luchtplaats af. Nu bungelden er zelfs sigaretten in onze mondhoeken en werd er hardop gelachen en naar elkaar geroepen bij het betreden van het cellenhuis.

Om vier uur zou de uitslag van de verkiezingen bekend worden gemaakt. Tot zolang plakte ik op de werkzaal verjaardagskalenders tegen een kartonnen achterflap en zat Joshua op een kruk in zijn cel naast de jutezakken vol te monteren wasknijperonderdelen. Om de een of andere reden lukte het hem niet op de werkzaal toegelaten te worden.

Schuifbuik had de stemmen, die direct na het ochtendluchten waren verzameld, geteld en annonceerde in gebrekkig Engels door de intercom dat met een verschil van vier stemmen de Chinees Yu Wok gekozen was als commissielid namens alle buitenlandse gevangenen.

Nog voor Schuifbuik uitgesproken was, hoorde ik Joshua helemaal in een ander deel van de gevangenis boven alles uit BULLSHIT! schreeuwen en op zijn deur bonken.

Die avond, terwijl wij recreëerden en over de onlangs aangeschafte sjoelbak gebogen stonden, luchtte de geklopte kandidaat zijn hart.

Woedend beschuldigde hij de directie en 'this dubbelcrossing informer Skoifboik' van negerhaat en stemfraude. Hij zei onverwijld een brief naar de raad van toezicht

te zullen schrijven en zou desnoods the old Queen te hulp
roepen 'to straighten the damn show out'.

Ik raadde hem aan ergens een valium te scoren. Het
schuim stond hem op de mond.

'Dig man, it's all because I'm a smart blackass, see, and
ev'ry time I go up there and ask the motherfuckers for a
decent job the man turns me down. And now this elec-
tionshit.'

Ik mikte een sjoelschijf naast het hoogste-puntenvakje.

'You know what they tell me man,' ging Josh door,
'them pigs tell me to fuck off and that, you know, when I
ain't go easy they lock me up in solitary where I'm not
even heard no mo, shiit! Man!'

Arme Joshua, hij had zich zoveel voorgesteld van die
commissie. Hij had via de commissie een jazzworkshop
willen bepleiten, culinaire verrassingen willen invoeren,
rugbywedstrijden willen organiseren, basketbaltoernooi-
en, cabaretvoorstellingen met mooie vrouwen en duizend
andere zaken willen aanpakken.

'To make this here joint swing Jack, like movin' the
place up a bit, you know, like gettin' loaded for a change.'

Maar toen hij een vergunning aanvroeg om zijn trompet van buiten te laten komen, werd hem dat geweigerd.

Te lawaaierig, had de huismeester gezegd. Ik dacht er
over spoedig uit de commissie te stappen.

Domme Joshua: wie rooft er nu een woonhuis leeg als
je weet dat de eigenaar van de inboedel weet dat jij de
enige bezitter van de reservesleutel bent?! Dan ga je toch
niet netjes door de voordeur?!

Maffe Joshua. Gekooide jazzcat. Opgescheept met een
prestatiedwang van minimaal tweeduizend wasknijpers
per dag.

Tough shit sonny.

's Nachts kon ik de slaap niet vatten. Rolde een zware sigaret in het donker en speelde zachtjes jankend een weemoedige blues op mijn mondharmonica. Een blues voor Joshua. Omdat juist de figuren die wat leven in de tent willen brengen vroeg of laat hun kop stoten tegen de gesloten deuren van het logge gevangeniswezen.

Een blues voor Joshua, waarschijnlijk ook wakker liggend verderop in zijn c-vleugel cel:

> *may the sweet Lord be our witness*
> *in these weary wee wee hours*
> *certain circumstances made us victims*
> *wailing the jailhouse blues*
> *wailing this jailhouse blues*

De toestemming om kleine, niet al te luidruchtige muziekinstrumenten op cel te hebben, was zonder meer het mooiste resultaat dat wij ooit met die gedetineerdencommissie hebben behaald.

Joshua's trompet bleef te lawaaierig, daar hebben we niets aan kunnen veranderen.

Werklust

De sneeuw lag dik op straat. Het sneeuwde al een week en een ijskoude wind gierde en sneed door alles heen. Elke dag hoopte hij dat de radio melding zou maken van een abnormale sneeuwjacht die hem zou verhinderen het huis te verlaten om naar de baas te gaan. Hij had uitgerekend dat hij het met een noodvoorraad crackers, blikjes soep, bier, tabak, hasjisj en vloeitjes een ruime week kon volhouden. Elke ochtend, van maandag tot en met vrijdag, ratelde de venijnige wekker op het kastje naast zijn bed – halfzeven. Soms lag ze naast hem en kreunde als hij het licht aanknipte. Veel te vroeg om dromen uit te wisselen sloot zij snel haar ogen weer en rolde van hem weg, met opgetrokken knieën in het warmste plekje van het bed. Zwaar ademend hoorde hij hoe de wekker genadeloos doortikte en terwijl de praatjesmaker van Hilversum III na ieder plaatje de juiste tijd noemde, zocht hij naar uitvluchten en mogelijke kwaaltjes in zijn lichaam. 'Heb ik hoofdpijn, kan ik vandaag thuisblijven? Die kramp, zouden dat mijn nieren kunnen zijn?'

Maar de hevige strijd in zijn hoofd werd iedere godvergeten werkdag opnieuw gewonnen door zijn fatsoenlijke inborst die het hem niet gunde af te bellen en lui in bed te blijven. De verschrikkelijke sneeuwjacht vond nooit plaats voor zijn deur en naarmate hij in jaren vorderde moest hij toegeven dat zijn voorspelling jong te zullen sterven met de dag onwaarschijnlijker werd. De visioenen waarin hij brandend op de toppen van zijn waanzin, met een alwetende glimlach in het Oneindige zou exploderen – die visioenen hadden plaats gemaakt voor grijze foto's waarop hij te zien was met een stropdas om zijn nek en een doodgeboren kind op schoot.

Zij bewoog en vroeg hem schor om een zoen. Hun monden roken naar carbol. Hij voelde de bittere kou in de kamer rond het topje van zijn neus en zei: 'Vandaag voer ik geen reet uit!'

Zij sliep alweer en hij gleed van haar weg, zijn goede opvoeding vervloekend. Nog vóór de piepjes van zeven uur stak hij zijn benen buiten bed en omklemde zijn hoofd een moment met beide armen. Hij trok de dekens rond haar schouders en liep naar het raam, bedekt met ijs, dat hij eerst met zijn nagels moest schoonkrabben voor hij kon zien hoe donker en droefgeestig het buiten was.

Op zijn knieën voor de kachel, eindeloos lucifers afstrijkend, beklaagde hij zijn lot en vroeg zich af hoe het zo ver had kunnen komen. Wat was er misgegaan in zijn leven dat hij huiverend in het donker en de vlijmende kou op zijn fiets klom en door de sneeuw baggerde, op weg naar de prikklok, de sombere fabriekshallen en het gedreun van zware machines?

Zijn vrienden, die voor het merendeel van de steun trokken, vertelde hij, in een uiterste krachtsinspanning om het zelf allemaal te begrijpen, dat hij niets tegen werk had en altijd met veel plezier zijn baan als nachtportier had vervuld.

Zijn woorden bleven hangen in de kamer en vermengden zich met rook en de ideeën die ze uitwisselden boven het mondstuk van de rituele pijp. Na een steelse blik op zijn horloge kondigde hij met een pijnlijke glimlach aan dat hij de volgende ochtend vroeg op moest. Zij dronken de restjes verschaald bier, doofden hun peuken en liepen nahikkend zijn trap af.

'Zachtjes voor de buren,' fluisterde hij hen meestal nog na.

Dan wond hij de wekker op en als zij er was vertelde hij haar dat hij niet tegen het gevoel kon stil te staan en weinig nieuws mee te maken. Zij begreep hem als hij sprak van rigoreuze veranderingen die hem van nieuwe impulsen zouden voorzien. Met krankzinnige ogen beweerde hij dat de routine doorbroken en het veilige vertrouwde opgegeven moest worden. Op koude blote voeten door de kamer ijsberend trachtte hij uit te leggen wat hij zijn vrienden niet kón zeggen: dat het verstikkend was om jarenlang hetzelfde te blijven doen en geen ontwikkeling op gang te kunnen brengen. 'De tijd,' zei hij tot haar, en zijn stem verbrokkelde wanhopig tot klankflarden die bij andere omstandigheden hoorden – 'we hebben te weinig tijd!'

Ze dansten op Hawaïaanse muziek en achter haar ogen zag hij de bergen die zij wilde beklimmen om in een rusteloze tropennacht de maan te aanbidden. Zij was het vuur. Ze wikkelde haar sari los en lachte naar hem, en tijdens het vrijen zong zij liedjes; melancholieke verzen, zij had ze van haar voorouders doorgekregen en ze zochten de gaten in zijn hoofd.

'Laat mij begaan,' had zij gezegd; 'ik kan je heel maken.'

Zij hadden ieder hun eigen leven; zij in het variété en hij... ach, hij bleef de zoeker die nooit wist of hij kon vinden.

Bij de deur draaide hij zich om en keek naar de krullen op zijn kussen. 'Zie ik je nog?' vroeg hij onhoorbaar en sloot de deur achter zich. Op straat morrelde hij aan het fietsslot, het zat dichtgevroren en hij verspeelde minuten met vloekend wrikken. Met zijn wollen muts ver over zijn oren en zijn snel kouder wordende handen krampachtig aan het stuur, glibberde hij door de bruine pap die in de grauwe buurt waar hij woonde nooit wit geweest kon zijn.

Het sneeuwde nog steeds en de wind deed zijn ogen tranen. Op zijn weg zag hij vele automobilisten verbeten in de weer met krabbers op de voorruiten en motoren die niet wilden aanslaan. Zijn banden maakten soppende geluiden en in zijn oren was een constant gonzen.

'Goed,' had hij tegen zichzelf gezegd; 'ik ben bereid elk baantje aan te nemen. Het kan me niet schelen, desnoods maak ik wc's schoon.'

De ambtenaar van het arbeidsbureau knikte goedkeurend en bleef geïnteresseerd luisteren toen hij vertelde dat hij in de tijd voor zijn portiersbaan diverse ziekenhuizen had aangeschreven, zich in keurige bewoordingen en blakend van werklust aanbiedend als medewerker van de huishoudelijke dienst... 'er niet tegenop ziend uw toiletten te reinigen'. Behept met een fanatieke drang tot volstrekte eerlijkheid vermeldde hij in zijn sollicitatiebrieven dat er enige veroordelingen achter zijn naam stonden – dit om later gezeur als het toch uitkwam te vermijden.

Keurige briefjes gleden in zijn brievenbus en antwoordden dat al in de vacature was voorzien. Sommigen schreven 'helaas voor u', alsof ze zich na het lezen van zijn ontboezemingen toch een beetje schuldig voelden in hun afwijzing. Op de brief, de enige, waarin hij zijn gegevens wegliet kreeg hij prompt een uitnodiging te komen praten. Hij hield zijn mond en werd aangenomen.

Het was een ziekenhuis voor demente bejaarden en

psychisch gestoorden. Met een karretje vol bezems en dweilen reed hij over de afdelingen die door personeel met sleutels voor hem werden geopend. Onder de bedden zocht hij naar stof en bij het afnemen van de nachtkastjes probeerde hij niet te kijken naar de uitgemergelde gedaanten, vastgemaakt aan slangen in hun neus en dikke naalden in hun slappe armen. Het stonk er naar pis en vergeling. Vrouwen in dusters schuifelden van de gesloten deur naar de tafel en weer terug. Een zondags geklede heer herhaalde telkens hardop dat hij naar zijn zoon moest, hij kon elk moment thuiskomen. Op het televisietoestel stond een meestal lege fruitmand.

Als hij met zijn karretje de afdeling wilde verlaten klampten de oude vrouwen zich aan hem vast, graaiend naar de sleutel die de oppasser geroutineerd buiten hun bereik hield. Een week had hij het volgehouden en toen was hij midden in zijn werk weggelopen om in het park vlakbij met een kop koffie op het terras te gaan zitten.

'Ik werk graag,' zei hij tegen de ambtenaar, een jonge vent met een serieus gezicht waarop nu een dunne glimlach gleed.

'Waarom hebt u de arbeidsovereenkomst met uw werkgever verbroken, u kent de situatie toch? Wie kan zich tegenwoordig nog permitteren zijn baan op te geven?'

De man had ouwelijk gezucht – van hem verwachtte hij geen antwoord, maar ondertussen zou hij zijn vrouw bij zijn thuiskomst toebijten dat het tuig vandaag weer geen bek had opengedaan.

Eer zijn nummer eindelijk aan de beurt was had hij een paar uur in de deprimerende wachtkamer met het hoge plafond gezeten. Het lukte hem niet zich te concentreren op het boek dat hij van huis had meegenomen. Steeds schoten zijn ogen van de bladzijden naar de grote kale klok aan de muur en langs de mensen om hem heen. Kranten ritselden, schoenen kraakten en af en toe sprong het nummer in het kastje met een klik vooruit en viel weg.

Jonge mannen in kostuums liepen met grote zelfbewuste passen en mappen onder hun armen deuren in en uit. Hij observeerde de wachters op de harde houten banken en de laatkomers die geen zitplaats meer hadden kunnen vinden en in de gangen tegen de vaalgroene wanden leunden.

Tegenover hem zat een corpulente man met een aktentas. Een man verderop zat voorovergebogen met zijn hoofd in zijn handen. Hij trachtte zich een voorstelling te maken van de baantjes die ze zochten. De man met de aktentas leek hem een werkloze accountant, de twee gastarbeiders links van hem praatten druk maar gedempt met elkaar, veroordeeld tot vuil en slecht betaald werk.

Een groepje negers met felgekleurde petjes stond te lachen in een hoek van het lokaal. Ook hij keek de koffiejuffrouw na die op hoge hakken de ambtenaren in hun hokjes afliep.

De gezichten bestuderend van de mensen die bij de ambtenaar waren geweest, meende hij te kunnen zien dat niet iedereen even gretig naar een baan zocht.

Van sommigen was het duidelijk dat zij hun eigen zin hadden weten door te drukken; zij wandelden nonchalant, soms met hun handen in hun zakken, het spreekkamertje uit, lieten de deur open en riepen naar de wachtenden 'de volgende', nog voor het nummer versprongen was. Minder fortuinlijken kwamen langzaam naar buiten, sloten de deur zachtjes achter zich, bleven een moment staan, aarzelend en tobberig op het papier dat ze in hun handen hielden starend, om dan met slepende tred de wachtkamer te verlaten.

'Die heb opdracht gekregen te solliciteren,' sprak zijn buurman aan zijn linkerzijde – een reus met ongeloofijke vuisten die als kleine bloemkolen op zijn knieën rustten – 'die kan er niet meer onderuit.'

De reus sprak op de medelijdende toon van de insider die weet wat er te koop is in de wereld. Ongevraagd vertelde de man hem dat hij van de ene op de andere dag van zijn baas te horen had gekregen dat er geen werk meer was. 'Achtentwintig jaar bij dezelfde baas me eigen afgebeuld, nu hoef ik niet meer zo nodig, het zal mijn tijd wel duren.'

Hij had geknikt en iets algemeens gemompeld. Er hing een triestheid in 't lokaal zoals hij ook in de gevangenis was tegengekomen. Daar had hij de vaste jongens horen zeggen: 'Wat, drie jaar? Da's toch niks man, dat zit ik op een scheermessie uit!'

Het was dezelfde huiveringwekkende standvastigheid in de techniek om de slavernij te verpakken in nonchalant schouderophalen en hard praten, die hij ook meende te herkennen in de harde stemmen die in de wachtkamer gehoord werden.

Mensen die zichzelf moesten bewijzen dat ze best hardop durfden te praten in een drukkende omgeving.

Hij trapte zijn shaggie op de vloer uit en verlangde naar sterke koffie.

De ambtenaar bladerde door een bakje met het banenbestand.

'Wat vindt u hier bij voorbeeld van,' zei hij en schoof een beschreven kaartje over tafel. Sjouwer op een steenfabriek, las hij.

'Nou,' begon hij voorzichtig; 'sjouwer, ik weet niet...'

De ambtenaar glimlachte weer.

'U heeft niet veel keus, weet u, met uw achtergronden...'

Later, toen ze bij hem was, trachtte hij haar te verduidelijken waarom hij zich gehaast had te verklaren dat hij zich bewust was van zijn nederige positie op de arbeidsmarkt en dat hij, met het oog op zijn fysiek, zijn geschiktheid voor het stenen sjouwen betwijfelde, maar desondanks bereid was elk baantje, mits binnen de mogelijkheden, te aanvaarden.

Zij beet hem zachtjes in zijn hals en zei dat hij een prins was, als hij maar zijn hoofd rechtop leerde dragen.

'Dit lijkt me wel wat, kijkt u hier eens naar,' zei de ambtenaar, een veelbetekenende blik op zijn horloge werpend. Schroomvallig legde hij de kaartjes met de vacatures voor glazenwassersleerling, knecht op een autosloperij en menger op een verffabriek terzijde. Hij was gaan zweten en voelde het ongeduld in de ambtenaar groeien.

Ten slotte stond hij buiten, met het adres van een uitzendbureau dat werk had voor een laboratoriumassistent bij een oliemaatschappij, vaak in het nieuws wegens onfrisse praktijken in Derde Wereldlanden. Het ging om ongeschoolde arbeid in dienst van het uitzendbureau dat het werk van de oliemaatschappij had aangenomen.

'Waarom heb je niet gezegd dat je met een boek bezig bent en op je saxofoon studeert?'

Zij vroeg het en hij wist het niet. Hij luisterde naar haar verhalen over het optreden in de provincie, haar successen, de ruzies achter de coulissen en haar plannen die langzaamaan vorm kregen. Ze dronken gloeiendhete pepermuntthee en hij woelde nerveus door zijn kortgeknipte haar. Na een lange stilte zei hij: 'Door mijn veiligheidjes en vaste gewoonten weg te nemen wil ik mezelf dwingen nieuwe wegen in te slaan. Maar ik kan niet de hele dag thuiszitten, ik heb mensen om me heen nodig. Ik wil in een film spelen!'

Tot vroeg in de ochtend ontdekte hij haar en zag af en toe flitsen van een ongerepte wildernis.

Hij ploeterde voort door de bruine smurrie. Passerende auto's bespatten zijn broek en hij wenste het schorem allemaal dood in een vreselijk ongeluk. De stoplichten tegen betekende tijdverlies en tijdverlies was die verdomde prikklok die gecontroleerd werd en hem overwerk of geld kostte. Hij kon niet veel harder fietsen anders zou hij slippen.

Iedere keer als hij onder het viaduct reed en er net een trein overheen ging hoopte hij dat er niet juist op dat moment een idioot in de wc-pot stond te pissen.

Hij stelde zich op tussen de anderen. Mannen van middelbare leeftijd met brommers. Helmen op en lange leren jassen aan. Mannen met versleten lunchtrommels en opgerolde overalls tussen de snelbinders. Arbeiders met petten, verweerde gezichten. Havenarbeiders die dag in dag uit, al jaren lang, de oversteek met de pont maakten. De zware shag-rokers, hoestend in de bijtende ochtendkou.

Jonge jongens ook en jonge vrouwen. Kantinejuffrouwen en secretaresses – de secretaresses omringd door snelle jongens met attachékoffer en in grijze pantalon. Gastarbeiders: Marokkaanse en Turkse mannen, weggekropen in te dunne jassen. En ook zij zochten elkaar op om tijdens de oversteek een paar woorden te wisselen.

Hij drukte zich zo dicht mogelijk tegen de wand. In de wind was het stervenskoud op het water. Het aanhoudende gekrijs van de hongerige meeuwen klonk naargeestig boven de andere geluiden uit. Slechts een enkeling op de pont zag eruit alsof-ie tevreden was. Hij dacht dat veel van de mannen hun beste jaren aan hun werk hadden gegeven; ongetwijfeld waren er communisten bij, kerels die gevochten hadden voor een fatsoenlijk loon naar hard werken, arbeiders die gestaakt hadden om hun recht te halen.

Hij dacht aan die mannen en aan de man in het arbeidsbureau en hoe de arbeiders op een dag te horen zouden krijgen dat er geen werk meer was. Als de pont de wallekant raakte, startten ze hun brommers en de jonge jongens draaiden ongeduldig aan het gas. De klep ging neer en de kudde stroomde van boord.

Bij de poort moest hij van zijn fiets afstappen en zijn speciale pasje laten zien. Op de foto die ze, nadat hij was aangenomen, in een kantoor van hem hadden gemaakt was zijn twijfel zichtbaar. Hij leek in de lens te zeggen dat hij het ook niet kon helpen.

Zwart geüniformeerden bekeken zijn pasje vluchtig en wuifden hem door. In de fietsenstalling wachtte hem een solide dienstfiets waarmee hij over het terrein naar de hangar reed.

Vanaf de pont was het boven alles uittorenende hoofdkwartier voor iedereen zichtbaar, maar hij had nooit geweten hoe groot het terrein eigenlijk was toen hij het voor de eerste keer betrad.

Het was een stad van geheimzinnige buizenconstructies, opslagloodsen, metershoge olietanks en fabriekshallen – alles omzoomd door hekwerk waarlangs geüniformeerden met walkie-talkies patrouilleerden.

De monsterachtige constructies rezen hoog en kaal in de boven het terrein altijd vuile lucht; rookkolommen stegen uit pijpen en overal was lawaai van machines en het kletteren van ijzer op ijzer. Het gevangeniskamp in de bossen waar hij een paar maanden had gezeten was minder afschrikwekkend geweest dan het zicht op zoveel metalen lelijkheid. Hij kwam langs het gedeelte waar de meest explosieve stoffen werden opgeslagen in containers die, als ze ooit zouden ontploffen, de halve stad in puin konden slaan. De bordjes *verboden te roken* verhinderden niet dat hij dikwijls arbeiders met een sigaret in de mond zag lopen op plaatsen waar dat levensgevaarlijk was.

Hij stapte van zijn fiets en liep vlug de houten barak binnen om zijn ponskaart in de prikklok te duwen. Hij keek naar zijn naam op de kaart en de afgestempelde tijd en voelde de spanning in zijn hele lijf dat ene afschuwelijke woord uitdrukken: *terreur*!

Van de barak was het nog een aantal meters naar de hangar waar hij te werk was gesteld. Dank zij de variabele werktijden had hij kunnen kiezen voor een vroeg begin zodat hij 's avonds tegen vijven thuis was. Hij was altijd de eerste die de werkplaats binnenging. De machines draaiden dan nog niet en hij had ongeveer een uur om met de krant en een bekertje automaatkoffie bij de kachel te zitten.

De warmte maakte hem loom en soezerig en in de ingeblikte stilte die als een vacuüm op hem viel, dreef hij weg in een onrustige halfslaap. Hij hoorde het klotsen van water en een zeurende zoemtoon in verschillende frequenties dan eens achter hem en dan weer vlak voor hem trillend. Soms zag hij haar gezicht en hoorde hij haar zeggen, met een stem die verwondering maar daarin geen angst kende: 'Weet je dat je twee gezichten hebt?'

Hij nam een slok lauwe koffie en doezelde weer weg. Het terrein stond in brand.

Dikke vette rookwolken hingen boven de vuurspuwende opslagplaatsen, in paniek renden gehelmde mannen door elkaar, sirenes loeiden en gebouwen stortten met donderend geraas ineen – gillende mensen in besmeurde overalls wierpen zich als beesten tegen de omheining en probeerden wanhopig aan het vuur te ontsnappen – containers ontploften en smeten ijzer, gas en verderf om zich heen – overal was de dood, glasgerinkel en vallend steen...

Zijn naam snerpte door de hangar en hij schrok wakker. Zo ging het vrijwel elke ochtend; hij dommelde in en werd opgeschrikt door de stem van zijn chef die hem riep voor een klus. Hij stond op en wachtte even tot het gebons in zijn hoofd minder werd. Weer zijn naam. Hij zette zich schrap, de dag was begonnen.

Hij had twee linkerhanden maar hij dwong zichzelf het beste er van te maken.

Zijn werk was niet ingewikkeld, integendeel, bijna op het stompzinnige af eenvoudig en toch kostte het hem al zijn energie. In het begin had hij moeite zijn aversie tegen de machines te overwinnen. Alles zat onder de olie. Alles vet, glibberig en smerig. Hij begreep niet hoe ze de term laboratoriumassistent aan zijn werkzaamheden dorsten verbinden.

Een laboratoriumassistent droeg immers een smetteloze witte jas, roerde in breekbare buisjes en controleerde de druk van deze of gene ketel. Hij moest de vettigheid van de machines vegen en af en toe, als er een lek was en de blubber in het rond spoot, de hele vloer aandweilen.

Natuurlijk gaf de chef hem op zijn eerste werkdag uitleg over de machines; waartoe ze dienden, en, voor zover het hem aanging, hoe ze werkten. Het was een proces om van kolengruis vaste pillen te maken. Hij werd belast met de afvalstoffen. Een manusje van alles.

'Duvelstoejager,' noemde de chef hem grinnikend.

Soms was het werk zwaar. Olievaten verhuizen en roestige ijzeren platen verschuiven. Uitrustend op een bezem en loerend naar de machines lukte het hem met de beste wil ter wereld niet te begrijpen waarom de chef en zijn naaste medewerkers zo hinderlijk opgewonden reageerden op het doen en laten van hun wanstaltige troetelkind: het hotsende apparaat dat zwarte pillen produceerde.

Met zijn gezicht diep in haar schouder sprak hij gesmoord van de vervreemding. Zij speelde met zijn haar en zei dingen die hem ten slotte deden opkijken om haar te kussen, waarna hij weer op ernstige toon verder ging.

'Het is een discipline. In principe moet je alles aankunnen.'

Zij lachte hem uit en stoeide.

'In principe, meneer de assistent, kun je gaan en staan waar je wilt.'

Hij draaide een joint en dacht na.

Hij zag veel en kon er niet mee omgaan. Het wekte zijn wrevel en verzwaarde hem met onmacht. Hij kende het geheim niet om het allemaal te rangschikken en er zijn voordeel mee te doen. Hij wist niet hoe het werkte. Het was veel, het kneep hem, snoerde hem de mond en ook al verzette hij zich – hij bleef waar hij was.

In de kantine. Een blinkende ruimte. Zeer modern snelbuffet waar je voortreffelijk kon eten voor weinig geld. Het was voornamelijk kantoorpersoneel dat in de rij langs de uitgestalde spijzen schoof. De snelle jongens met hockeyembleem op hun blazer en de jongedames in plooirok. De briljante jongemannen knepen en passant even in de bereidwillige damesbillen, alsof het zo hoorde, omdat in sommige milieus carrière en derrière nu eenmaal samengaan. Voorts de heren met opgelapt tweedjasje en pijp; al wat ouder, wat meer ervaring en als ze in de eetzaal aanzaten bij jong gezelschap werden ze gerespecteerd en leidden de conversatie. Hij herkende de structuren, de obligate machtsverhoudingen, de oppervlakkigheid waarmee mensen elkaar tegemoettraden en de nadrukkelijke schaduw van de Firma die hen zelfs in hun lunchpauze niet uit de kop ging. Hij zat er tussen en nooit eerder voelde hij zich zo misplaatst. Hij draaide zijn hoofd en zag zijn chef met een dienblad de eetzaal binnenkomen en doorlopen naar het achterste gedeelte. Zijn chef. De man behandelde hem correct; hij werd niet afgesnauwd maar op beschaafde wijze op zijn plaats gewezen. Het was het uiterlijk van de man dat hem afstootte. Hij leek op een sportinstructeur die hij in de gevangenis over zich heen had gekregen; een lange man met een autoritaire blik en een militaristische snor waarvan de punten arrogant omhoog wezen. 'Ik heb een gloeiende hekel aan slappelingen,' was een van de eerste zinnen die zijn chef tegen hem had gesproken en precies deze woorden waren hem bijgebleven van de gymnastiekochtenden op de binnenplaats waar de gevangenen in korte broek stonden aangetreden.

Hij stak een sigaret op en keek naar buiten, neer op het water. De motorsloep van de Firma meerde aan bij de steiger en mannen in dikke jassen stapten voorzichtig op de kant. Kijkend naar de ijsschotsen, door de boten in beweging gehouden en zo geen kans krijgend aaneen te vriezen, dacht hij: 'Het moet nog harder gaan vriezen. Alles moet lamgelegd. Niemand kan zijn huis meer uit, geen tram, geen fiets, geen auto, geen boot doet dienst en de noodtoestand wordt afgekondigd. Mensen zullen de hand aan zichzelf slaan omdat ze zich geen raad weten nu hun dagelijkse patroon flink in de war is gegooid.'

Hij ving flarden op van gesprekken die aan tafels gaande waren. Een glunderende man sprak over schaatsen en wreef zich genietend in zijn handen.

Een moederlijke vrouw zei iets grappigs en er werd gelachen.

Glimlachend keek hij weer naar buiten – gedempt door de ruit drong het geluid tot hem door van een sleepboot die met kuchende motor langsvoer.

'Als ik een man was zou ik matroos willen zijn en gaan varen,' had zij eens gezegd op een zondag toen zij langs het water wandelden en naar de boten keken.

Stil was hij gebleven en hij had haar ogen gevolgd en haar, terwijl hij in de verte staarde, in zich opgenomen.

Groepen eters losten elkaar af en ook hij verliet de zaal, kocht beneden een nieuwe maaltijdkaart en ging de kou in.

Hij laste zoveel mogelijk koffiepauzes in tussen zijn werk. De automaat stond in de hal van een gebouw waar zich ook de toiletten bevonden. Het was maar een paar meter van de hangar naar de automaat en hij probeerde de afstand te rekken door stil te staan bij een buizenconstructie; mannen waren er aan 't werk, in de weer met gereedschap en meetinstrumenten – de dikke voorman praatte met een ingenieur die, hoewel hij op veilige afstand van de buizen bleef en geen enkel gevaar liep, een gele helm droeg.

Stanley zat op de bank naast de automaat, zijn handen rond een bekertje koffie.

Hij groette hem en Stanley's vriendelijke gezicht lachte verlegen. Hij zei iets over het weer en Stanley antwoordde op zijn langzame bijna-stottertoon. Hij gooide een muntje in de automaat en koos chocola.

Stanley, de oude bedeesde neger, tuurde in zijn bekertje.

De deur werd opengeworpen en een vadsige man in besmeurde overall kwam vloekend binnen. Een Marokkaanse schoonmaker zette zijn emmers bij de wc-deur en viste een pakje shag uit zijn kontzak.

'Hé Stanley,' riep de schoonmaker, vrolijk omdat hij wist wat er zou komen – 'hé Stanley, wat voor dag is het vandaag?'

De Marokkaan stootte de man naast hem aan, ze gniffelden.

'Vandaag,' zei Stanley langzaam, 'is het donderdag, de dag van de God van de donder.'

'Hè hè hè hè,' grinnikten de mannen.

Stanley knikte ernstig en keek onschuldig van de een naar de ander, alsof hij niemand een kwaad hart toedroeg en er niets tegen had om elke dag weer antwoord te geven op vragen die ze hem stelden om te kunnen dollen.

'En Stanley,' ging de schoonmaker met onverholen pret door, 'neuk je nog wel 's?'

Stanley sputterde verlegen – iedereen lachte, ook hij. Stanley vertelde dat hij iedere vrijdag zijn loonzakje aan zijn vrouw gaf en zondags als het redelijk weer was met haar een wandeling maakte. De Marokkaan vroeg wat hij dan ging *doen*.

'Jaa,' zei Stanley, 'ergens op visite, een praatje, jaa.'

Hij vond het niet leuk dat ze de man zo in de maling namen, toch lachte hij mee om het grappige accent. Elke vrijdag nam Stanley een bloemetje voor zijn vrouw mee. Hij werkte al heel lang bij de Firma, loyaliteit en simpele goedheid straalden van hem af.

In het weekend was hij meestal te moe om veel te willen doen. Hij sliep uit en miste de liefde als zij niet bij hem was. Lusteloos vingerde hij door zijn grammofoonplaten en nam een boek op dat hij al snel weer weglegde. Hij aarzelde of hij haar zou bellen en besloot van niet.

Zij werkte hard, holde van het ene optreden naar het volgende en wanneer ze vrij was schaafde ze aan haar teksten. Zijn manuscript lag onder een stapel oude kranten. Hij twijfelde aan alles.

46

Het fijnste was als hij een boodschap mocht doen. Flesjes met kolengruis bezorgen bij een laboratorium aan een van de grachten in de stad. Op de fiets reed hij in de baas zijn tijd kalm aan door de straten en ondanks het winterweer genoot hij ervan om buiten te zijn; buiten de omheining tussen de mensen, wég van het industrieterrein.

Het laboratorium was gevestigd in een gewoon huis. Op zijn bellen sprong de deur open en hij gaf de flesjes af aan een leuk meisje dat even haar hoofd liet zien en dan het luikje weer dichtdeed. De aandrang om naar huis te fietsen en niet meer terug te gaan nam nooit concrete vorm aan. Bij de poort toonde hij zijn pasje.

Hij trok de telefoon naar zich toe en draaide haar nummer.

Een kwartier later probeerde hij het nogmaals en nu nam ze op.

Nee, zij kon hem niet zien omdat ze het razend druk had. Hij zei dat hij door zijn rug was gegaan en zich ziek had gemeld.

'Arme schat,' hoorde hij haar zeggen. Ze beloofde hem te komen opzoeken zo gauw ze de tijd vond, misschien konden ze een dag naar zee gaan.

Hij betastte zijn rug en strompelde naar het raam. In de flats aan de overkant brandde licht en ook de straatverlichting was al aan. Een moment scheen al het leven uit hem weg te vloeien en hij verslapte in een duizelige somberte. Toen sloot hij met een ruk de gordijnen.

Warme chocolademelk

Meneer Padrie schuift zijn stoel aan en gaat aan tafel zitten. De tafel is leeg, op de asbak na en een envelop die tegen een jampotje rechtop staat. Meneer Padrie heeft een brief gekregen en durft hem niet te openen. Hij bestudeert de prachtige postzegel, een plaatje van een zwarte man met een gek hoedje op. Af en toe raakt hij met een vingertop de envelop aan. Hij leest zijn naam: Aan meneer Padrie – Cel A 3/14 – Huis van Bewaring. By air mail. Door de muur hoort hij dat zijn rechterbuurman zijn radiospeaker nog aan heeft; een informatief programma waarnaar meneer Padrie verder niet wenst te luisteren. Hij steunt zijn kin met zijn handen.

'Merkwaardig dat ze altijd rond de feestdagen zulke programma's uitzenden. Verhalen van misdeelden, gevangenen die over hun leven vertellen, reportages over verpleegtehuizen.' Achter zijn rug wordt een deur geopend, hij voelt duidelijk een trek op zijn heupen en een verkilling die langs zijn benen strijkt. Hij draait zich om en kijkt naar de bewaarder, een oudere man op pantoffels, alsof het gebouw zijn huis is.

'Thee,' zegt de oude, zijn sleutel tikt tegen de deur.

'Is het al zo laat,' zegt meneer Padrie en hij pakt een plastic beker van de richel onder het matglasvenster. De gevangene die het baantje heeft, schenkt hem thee uit een ijzeren ketel. De bewaarder draait andere cellen van het slot en roept bij elke deur hetzelfde, soms met een kleine variatie als hij een kort praatje van niet meer dan tien woorden met iemand houdt. Meneer Padrie en de theeschenker zeggen niets. Het gaat voorbij, het is maar een intermezzo dat deel van de alledaagse sleur uitmaakt, en toch kan het niet gemist worden; het is een oriëntatiepunt, een onderbreking en als het een dag uitbleef zou het spanning en oproer brengen.

Meneer Padrie tuurt naar de brief. Na de thee opent hij de envelop met zijn duimnagel. Hij komt van zijn vriend Lode uit Soedan. Lode schrijft: 'Gisteren heb ik de hele dag op een berg gezeten en naar de arenden gekeken die rondcirkelden. Ik kom nu net van de markt, vol met kleuren en mensen die er ontzettend mooi uitzien. De mannen hebben grote bossen haar en lopen rond met lange zwaarden, de meesten wonen in de bergen waar ze kamelen houden. De vrouwen dragen prachtig gekleurde gewaden en lachen heel vriendelijk naar me. Ze verkopen allerlei kruiden, vruchten en van alles en nog wat.

Ik reis meestal met de trein, vol met mensen, geiten, kippen enz. De laatste keer heb ik 12 uur op het dak gezeten met een paar Soedanezen. Dwars door de woestijn, soms zie je ineens een kudde kamelen of geiten, met hier en daar strohutten. De kinderen hollen naast de trein (die ontzettend langzaam gaat) en vragen om brood of geld. De meisjes hebben prachtig gevlochten haar en spierwitte handen...'

Meneer Padrie richt zijn hoofd op en kijkt een moment intens naar een punt dat ver voorbij het matglasvenster ligt, hij meent een zacht geritsel te horen, als van een vogel die langs het venster zwiert. Dan leest hij weer verder. 'De trein stopt bij ieder dorp, waar iedereen eruit gaat, een beetje eet en theedrinkt natuurlijk. Ik heb een paar waardevolle dingen gezien; soms midden in de woestijn duiken er een paar vrouwen op, lopend in een werveling van kleuren. Ik zag er twee, een had een fel blauw gewaad aan en de ander een fluorescerend groen. Zijn het fata morgana's?

En dan de Hadondowa's, de mannen met de zwaarden en speren; die grote bossen haar wassen ze nooit en iedere dag smeren ze er schapevet in. Het is onmogelijk een foto van ze te nemen, wij begrijpen dat ze dat niet willen. Iedereen is hier erg vriendelijk. Of zoals ze zeggen, sweje, sweje, wat zoveel betekent als: doe het rustig aan!

Ik hoop je vlug weer te zien en gezond. Lode.'

Op de achterkant van het papier staat ook iets geschreven: 'Welnu, we zijn allebei gelukkige bliksems geweest, en we hoeven geen belofte of eed te zweren om onze vriendschap te binden. Door steviger dingen nauw genoeg verbonden (hoofdstuk 49 – *Waterschapsheuvel*).'

Meneer Padrie vouwt de brief secuur dicht en stopt hem weer terug in de envelop. 'Wat een bericht!' Een trots gevoel doet hem ontspannen achteroverleunen, zodat de voorste poten van de stoel iets van de vloer komen. 'Een ongelooflijke geschiedenis,' denkt hij en hij knikt vriendelijk naar de zwarte man met het gekke hoedje. In het cellenblok wordt de stilte ineens verbroken door kletterend ijzer en roepende stemmen. Het komt dichterbij, over de ring, het geratel van de wielen van het etenskarretje en het klappen van de houten broodbak als de etenuitdeler ermee langs de railing gaat.

Hij staat vlak achter de deur en stapt naar buiten zodra het kan. Hij steekt zijn hand op naar zijn overbuurman, een gesoigneerde wapenhandelaar die zich uitrekt en voor zijn cel een paar kniebuigingen maakt. Misschien laten de bewaarders de cellen nog even open om de mannen die paar minuten te gunnen. Allemaal schijnen ze gretig te profiteren van de mogelijkheid een woordje met iemand te wisselen, gezichten te zien en grapjes naar elkaar te schreeuwen. Meneer Padrie kijkt over de railing naar beneden en volgt de bedrijvigheid met interesse.

'Wat zouwen we te bikken krijgen, eerste kerstdag?' roept een gevangene en verschillende stemmen reageren tegelijk. 'Het kerstmenu is onderweg, het wordt vanavond uitgedeeld.' Over en weer kaatsen de heerlijkheden van hun fantasie: 'Gevulde kalkoen!' 'Reerug!' 'Berekut met appelmoes!' gilt er een en ze lachen.

Meneer Padrie pakt aan. Hij heeft vier boterhammen genomen en een beker melk. Hij spreidt een theedoek over de tafel uit en ontdekt dat de margarine op is, hij herinnert zich dat hij de volgende week pas nieuwe krijgt. Hij knijpt in de bovenste boterham en constateert dat-ie oud is. Het plakje beleg naast zijn bord moet ham zijn. Er ligt een glans over het vlees alsof het nat is, het papieren ondergrondje schijnt er doorheen. Langzaam sterven de geluiden weg en is er niets meer te horen dan het malen van zijn kaken, en nu en dan een tak! van het mes op zijn bord...

'Ze hebben mij binnengebracht. Ik heb in twee andere cellen gezeten voor ik hier kwam, het is gebeurd op een dag dat ik er niet was. Ik ging op bed liggen en een lange man in hemdsmouwen zei me dat ik moest opstaan, dat het verboden was. Toch bleef ik liggen en er gebeurde verder niets...'

Meneer Padrie zit in kleermakerszit op het bed. De muren rondom hem zijn kaal en geschilderd in een onbestemde geelgroene kleur. Het is een kleur die niet bestaat, een bleekheid, als de grove huid van een log dier. De ijzeren deur is waar het begint en eindigt. Als hij zijn ogen open heeft, komt hij steeds weer uit bij die deur. Het spiongat boven het luikje. Soms ontmoet hij het oog van een bewaarder, in een knippering die zo weer weg is. Hij hoort het als ze aan de andere kant van zijn deur staan, ook als ze zich heel stilhouden. Meneer Padrie laat zich drijven op een onafgebroken gedachtenstroom, waarin veel hiaten zijn en in die hiaten lijkt het of hij loskomt uit zijn lichaam.

Lang kan het nooit duren; hoewel de uren een traag verloop kennen en zich aan hun omgeving aanpassen, zelf steen worden en een zeer bijzonder spel met zijn begrip spelen, brengen de terugkerende details hem weer in actie. Hij drukt op de rode knop in de deurpost. Als er een bewaarder verschijnt en vraagt wat er is verzoekt meneer Padrie gebruik te mogen maken van het toilet.

Vijf minuten na negenen komt hij uit de televisiezaal terug in zijn cel. Half op de brief die hij bij het weggaan heeft verzuimd op te bergen, ligt een gestencilde mededeling. Meneer Padrie pakt hem op en leest hem staande. 'Beste vrienden, over enkele dagen is het weer zover. De feestdagen staan weer voor de deur! Dit zijn voor ons allen geen gemakkelijke tijden, velen van ons vertoeven in gedachten thuis, bij familie en vrienden. Toch willen wij, zoals elk jaar, weer proberen er met z'n allen een paar prettige kerstdagen van te maken. Tal van activiteiten worden georganiseerd om uw en ons verblijf straks zo aangenaam mogelijk in te richten.'

Hij knikt bij zichzelf en leest hoe men kan kiezen tussen de ping-pongcompetitie die plaatsvindt op het vlak, de volleybalcompetitie in de sportzaal of als alternatief klaverjas-, dam- en schaakwedstrijden in de recreatiezaaltjes. Op eerste kerstdag zal er een film vertoond worden.

'Door de film van uw keuze op het strookje in te vullen en bij uw ringbewaarder in te leveren, zal de film met de meeste stemmen worden vertoond. Vergeet u ook niet kenbaar te maken aan welke competitie u wenst deel te nemen? Wij wensen u veel plezier en prettige dagen toe. Het organisatiecomité. U kunt kiezen uit:

i. Fantomas contra Scotland Yard
ii. Pokeren met de Dood
iii. De Detective
iv. Dracula
v. In de Hel van Dzengis Khan'

Meneer Padrie draait het papier om en inspecteert het kerstmenu. Kip, gebakken aardappelen, doperwtjes en appelmoes, als dessert een karamelpudding. Tweede kerstdag een blinde vink en andijvie. Sinaasappel toe. Meneer Padrie zet met een ballpoint een cirkel rond ii en bereidt zich voor op de nacht.

Nadat hij zich heeft uitgekleed en zijn kleren netjes over de stoel hangen, kruipt hij onder de dekens. De lichtbak in het plafond brandt nog op groot, maar zal spoedig uitgeschakeld worden. Eerst is er het brood, dan de koffie, het televisie kijken en dan de controle waarbij de bewaarder de lichtschakelaar omdraait. Meneer Padrie droeg ooit een horloge, maar dat is lang geleden. Hij weet dat het er weinig toe doet de loop van de wijzers te volgen, zolang hij zelf deel uitmaakt van een raderwerk dat van een grotere orde dan hijzelf is.

Met wijd open ogen zoekt hij naar de betekenis achter de dansende gele vlekken op zijn netvlies, bijna niet waarneembaar knettert de tl-buis en terwijl hij zo ligt, met zijn rug diep in de schuimrubbermatras gedrukt, is het alsof hij klimt. Met handen en voeten schuift hij zich omhoog langs een touw, vol dikke knopen en hij voelt de stugge vezels in zijn huid prikken – om hem heen wijkt alles naar een achtergrond die zich als grijze wolken ineenvoegt en dan opeens schrapen zijn voeten langs glad gepolijst ijzer en onmiddellijk daarop stoot hij zijn neus hard tegen een massieve wand. Hij valt schrijlings in een zwart gat dat als een stortkoker strak om zijn lijf gordt...

Zijn hart hapert en hij klauwt naar de dekens die hem verstikken. Hij hoort de stem van een bewaarder vragen: 'Licht uit?' en zijn eigen stem die antwoord geeft. Dan is het donker, hij sluit zijn ogen.

Hij bemerkt dat hij schommelt, een plezierige, monotone beweging. Een scherpe lucht hecht zich aan hem; een geur van dieren en een nacht vol van onbekende geluiden die klinken en weer versterven. Een zandvlakte strekt zich uit zover als zijn blik reikt, er zijn heuvels in de verte en trage zwarte vogels duiken en cirkelen sierlijk boven de toppen, waarachter weer zand is. Hij ziet rookpluimen verwaaien en zich weer samenvoegen, af en toe het lichten van een rode gloed die daalt en rijst met zijn schommelende gang. Prachtige vrouwen in fel gekleurde gewaden wuiven met slanke handjes en gerinkel van bellen, dan zijn ze weer verdwenen. Ergens roept een uil zijn vreemde kreet die wordt overgenomen door andere dieren. Een fiere krijger met een woeste haardos schudt hem de hand en overhandigt hem zwijgend een foto.

Het is te wazig om goed te kunnen onderscheiden, zijn zicht wordt belemmerd door iets zachts dat zich over hem heenbuigt, hem opneemt en wegvoert in een allesomvattende stilte.

Het ontwaken staat in hem als op commando van een ingebouwd alarm, dat een schok teweegbrengt en enige seconden van volkomen desoriëntatie oproept. Met het knarsen van de sleutel dringt het besef van zijn omgeving tot hem door en op het moment dat de gestalte van een geüniformeerde in de deuropening verschijnt, heeft meneer Padrie weer houvast. Hij blijft met opzet enige tijd met blote voeten op het koude zeil naast zijn bed staan en met voldoening registreert hij de tintelingen in zijn bloed. Het is belangrijk dat hij niet gestoord wordt op die momenten, maar daar heeft hij niets over te zeggen. Sinds een bewaarder, die onverwacht terugkwam om hem te helpen herinneren dat hij na het ontbijt op transport zou moeten, hem zo naakt en roerloos had aangetroffen, houdt meneer Padrie zijn ondergoed aan in bed.

Hij krijgt thee en eet een boterham. Hij kan de radio aandoen als hij dat wil. 'Het is mijn hand die het lipje kan opdrukken, er kan muziek komen, of gepraat. Een vraaggesprek met iemand die over zijn leven vertelt.'

De speaker ruist en kraakt. 'Ik wek iets tot leven dat wel buiten mij om bestaat, maar toch door mijzelf wordt binnengelaten. Er is een minimale keuze.' Meneer Padrie schrikt op en vraagt zich af of het apparaat zijn gedachten kan opvangen. Soms zijn er boodschappen in vermomming van reclames of verhuld weergegeven in titels van liedjes. Een zangkoor brengt galmend kerstliederen ten gehore. Hij neuriet mee en wiegt zijn schouders op de barokke melodielijnen. Hij denkt aan de kleur bruin – een warmte welt in hem en herinneringen aan vertrouwde beelden van hulsttakken en knappende houtblokken in de open haard, hij zit op de grond naast de leunstoel van zijn vader. Een lang verhaal uit de kinderbijbel, een dik boek met afbeeldingen in tinten van zonsondergangen... 'GLORIA IN EXCELSIS DEO, AAAMEN.' Woorden tuimelen over hem heen en hij dompelt zich onder in die onbegrijpelijke, maar harmonieuze taal van de radiomis.

Ze hebben hem gevraagd of hij op eerste kerstdag de mis in de kerkzaal wil bijwonen. 'Graag,' zei hij zonder zich een ogenblik te bedenken, en nog eens, 'graag.'

Het zijn drukke dagen. In het gebouw heerst een on-
gekende atmosfeer; de gewone regelmaat wordt ver-
stoord door de activiteiten rond het feest. Om de haverklap openen ze zijn deur om van alles te vragen. Hij
krijgt stencils in zijn handen gedrukt, antwoordformu-
lieren worden hem voorgelegd en zijn naam komt op een
lijst voor de ping-pongcompetitie. Het gaat hem te snel
naar zijn zin. Het liefst zou hij het willen vertragen en de
dagen van minuut tot minuut willen wegen en ontleden.
Hij zou het terug willen zien, om na te gaan wat er gebeurd is en wat er allemaal aan voorafging, maar er bestaat geen echt verleden, geen oorsprong die zich laat begrijpen. En nu er zoveel bijkomt raken de paar herken-
ningspunten overwoekerd met veelzijdige manœuvres,
een drukte die zich aan hem opdringt, tot het hem duizelt.

De afleiding is hem niet onwelkom en hij geeft zich er
ook wel aan over, toch vergt het veel van zijn energie om
mee te doen. Zijn lichaam verzet zich tegen al te veel inspanning en tegelijkertijd hunkert het naar beweging.
Om zijn gedachten dicht bij zich te houden en als het
ware in een toestand van gewichtloosheid buiten de be-
grenzingen van zijn muren te raken, loopt hij, soms uren
aan één stuk, van de deur naar de tafel en terug. Op den
duur verliezen zijn voeten hun last en zweeft hij weg.

De feestdagen eisen een constante aanwezigheid van
hem. Hij voegt zich bij de mannen op de luchtplaats en
loopt met hen op, met zijn handen in zijn zakken, de gezichten en de dingen die ze zeggen in zich opnemend.
Twee keer per dag mag hij de trap naar het vlak afdalen
en over de tegelvloer naar de luchtplaats gaan, vanaf het
begin is dat zo geweest. Hij sloeg geen één keer over en
kreeg al heel wat interessants te horen. Maar nu praten
ze over niets anders dan de festiviteiten, het eten en de
film (niet degene die meneer Padrie had uitgekozen). En

ook, meer en op andere wijze dan gewoonlijk, noemen ze de namen van dierbaren, vrouwen en kinderen. Er is veel pijn in hun woorden en meneer Padrie draagt hun weemoed met zich mee als hij weer aan tafel in zijn cel zit. Hij heeft naar de open lucht gekeken en de compacte wolken gezien, de flarden zilver die er doorheen braken en het avondrood van een winterse namiddag daar bovenuit. En hij liep zijn rondjes met de andere mannen en voelde zich op een krachtige manier met hen verbonden.

'Koud vandaag, meneer Padrie,' had een van de mannen het woord tot hem gericht, en vanzelf ontstond er een conversatie. Toen het luchten was afgelopen, greep hij de hand van de gevangene en bedankte hem ontroerd voor hetgeen hij gezegd had.

Zijn vingers spelen met de brief. Hij ademt langzaam en regelmatig. Met elke zucht probeert hij wat van zijn spanning uit te stoten. In de cel links van hem lijkt het of er met glazen wordt gegooid. Hij hoort vloeken en dan een hele reeks van geluiden, lawaai dat tot hem komt en zich in zijn nek ophoopt en kramp geeft. Hij zet de radiospeaker aan en bedekt met zijn andere hand het spiongat... 'dat ook steun geeft en uw figuur corrigeert, echt iets voor de moderne vrouw van nu!' Abrupt duwt hij het lipje neer en verplaatst zich naar het bed. Hij strekt zich uit en strengelt zijn vingers ineen op zijn buik. Een harde stem roept 'SNEL, SNEL.' Rennende voetstappen houden halt voor de cel van zijn buurman. Meneer Padrie tracht zich tevergeefs het gezicht van die man voor de geest te halen. Hij merkt dat hij moe is en hij kan zijn ogen niet langer openhouden.

Iemand vraagt hem: 'Hoe is het zo gekomen, kunt u het zich herinneren, heeft u aanwijzingen gehad.' 'Nee,' hij schudt zijn hoofd. 'Ik kwam hier en ze zeiden me dat het niet te lang zou duren, dat deze gang van zaken door-gaans snel opheldering verschaft. Daarom heb ik ook niets gevraagd, als het stil blijft kan ik er misschien uit wijs worden.'

Hij loopt in stevig tempo door een gang met hoge zoldering en onderweg klampen mensen zich aan hem vast en vragen op klagende toon hoe het is afgelopen, of hij iets meebrengt. Hij staat voor een spiegel en kijkt naar zijn eigen gezicht dat hem vreemd is – hij balt zijn vuist en zet aan voor een sprong. Weer hoort hij glasgerinkel.

In de zaal waar op zondag de kerkdiensten worden ge-houden, draaft meneer Padrie achter een bal aan. Hij doet het niet helemaal goed, dat merkt hij wel aan de boze uitroepen van zijn teamgenoten, maar hij draaft ge-woon door. Het is heerlijk het zweet op zijn rug en de koelte in de pijpen van zijn sportbroekje te voelen. Na-derhand mogen ze douchen. In wolken stoom, van onder tot boven zijn lichaam met zeep insmerend, zoekt meneer Padrie verder in zijn geheugen. Het geroep, de schunni-ge grapjes en het met verdraaide stem zingen van roman-tische ballades, het kletteren van waterstralen; het geeft hem een perfect decor waarin hij onopgemerkt kan ver-dwijnen. Hij denkt aan de dag, het kan nog niet zo lang geleden zijn, dat hij op de luchtplaats, in de hoek bij de regenpijp, een zieke duif met een schoenveter wurgde en het lijk in het afvoerputje duwde. 'Goed je handen was-sen,' zeiden ze, 'anders krijg jij het ook.'

'Ik weet nog hoe de plons klonk toen het duivelichaam het water raakte. Het was een vervuilde en magere duif, in een hoekje gedoken, zijn snavel aangetast door de ziekte.'

Er wordt hard op de deur van het douchehokje ge-bonsd. 'Uitspoelen, afnokken!'

'Ogenblikje nog,' mompelt meneer Padrie en hij doet een zwakke poging zijn onderbroken gedachten weer op te pikken. Hij draait de kranen dicht en wringt zijn haar uit. Rillend door de plotselinge overgang van stoom naar de koude van de kleedruimte schiet hij in zijn kleren, onderwijl glimlacht hij naar gevangenen die zijn kant opkijken. Op weg naar zijn cel houdt de voorzitter van het feestcomité hem staande. De man ruikt naar after shave en vet haar. Meneer Padrie voelt zich onmiddellijk met de situatie verlegen, gegeneerd zelfs.

De man pompt zijn arm. 'Alles naar wens, meneer Padrie?' vraagt hij, joviaal een pakje sigaretten presenterend.

'Dank u, uitstekend, werkelijk een alleraardigst idee.' Hij accepteert een sigaret.

Zij steken op. De voorzitter legt luchtig een hand op zijn arm, ingehouden wandelen zij over de tegels.

'Ik heb begrepen dat u zich heeft opgegeven voor het ping-pongtoernooi.'

Meneer Padrie knikt.

'Ja,' herneemt de voorzitter, 'ik heb me dit jaar echt keihard tegen de directie opgesteld. Ze hadden van alles beloofd en trokken op het laatst hun toezeggingen weer in. Als u wist wat een moeite het me heeft gekost die film er door te krijgen...'

'Ik waardeer het zeer,' zegt meneer Padrie beleefd en maakt een kleine buiging.

Ze staan stil bij de trap die naar boven leidt en hij maakt aanstalten te gaan klimmen, maar de man heeft hem beet bij zijn arm. Zijn wangen zijn bol, het geeft zijn gezicht een vrolijke noot.

'Wat ik u vragen wilde, meneer Padrie, of u misschien interesse had om na de feestdagen eens bij mij langs te komen, we zouden een partij schaak kunnen spelen. U schaakt toch? Dan kunnen we het meteen hebben over uw bijdrage voor het volgende nummer van de gedetineerdenkrant. Wat zegt u ervan, nou?'

Meneer Padrie ontspant zijn vingers die hij krampachtig rond de railing had geknepen.

'Het is gek, maar verder dan tot aan een bepaalde grens kan ik nooit gaan, van daar af wijkt het terug, daar is nevel en stof...'

De voorzitter ziet hem bevreemd aan en loopt met nijdige passen weg. Meneer Padrie plaatst zijn voeten een voor een op de ijzeren treden, er zitten kiertjes in en roestplekken. Hij moet op de bovenste ring zijn. Opzij van hem is een net gespannen, er ligt een frisdrankblikje op dat er van boven af is neergesmeten. 'Voor zelfmoordenaars, om ze te beschermen,' vertelde een bewaarder hem eens. Hij treuzelt opzettelijk uit een plotselinge weerzin tegen de cel. Hij stopt op de tweede ring en doet net of hij iets in zijn zakken zoekt. De door gaas beschermde lampen branden altijd, ze houden alles zichtbaar. Een bewaarder krijgt hem in het oog en gebaart dat hij naar zijn eigen afdeling moet. Meneer Padrie beklimt de derde trap en met elke stap lijkt zijn gewicht toe te nemen en de ruimte om hem heen groeit uit tot een gigantische hal, doorkruist door meterslange buizen, met aan de lichtgroen geschilderde wanden stroomkasten, bezaaid met klinknagels en schroeven zo groot als theeschotels...

'Ik zat in een kamer op een rechte stoel voor een bureau. Er zaten twee heren tegenover mij, ze kuchten veelvuldig en droegen alle twee een bril. Een van hen zei: "Wij denken erover om u te verhuizen." "Ja," zei de ander en kuchte, "in uw geval lijkt het ons beter als u ter observatie van deskundigen wordt beschikt." Ze voegden er aan toe dat ik er recht op had dit te weten. Ze vertelden me niet wat dit weten inhield, waar ik het kon vinden. Ze waren zeer voorkomend...'

Handen tillen hem overeind en stemmen vragen hoe hij zich voelt.

'U bent voor uw cel in mekaar gezakt, niet meer doen hoor, netjes recht blijven.' Een bewaarder met een bruine huid ondersteunt hem en helpt hem op bed. 'Voor alle zekerheid zal ik de dokter vragen of hij even naar u kan komen kijken, blijft u ondertussen rustig liggen.'

Meneer Padrie wil protesteren maar de deur is al dicht. Hij is wakker als de dokter met een stethoscoop aan zijn borst luistert en op zijn rug klopt. 'Ik zal een medicijn voorschrijven, u mag u niet te veel opwinden, denkt u daar om de komende dagen.'

'Ik ben u zeer erkentelijk, het duurt niet lang. Dank u wel.' Hij steekt zijn hand op, de dokter ziet het niet. Het licht in zijn cel is uit.

Het is kerstochtend. Buiten beieren de kerkklokken en door zich goed te concentreren kan meneer Padrie ongeveer bepalen waar de kerken zich moeten bevinden. Hij staat voor het venster en voelt met beide handen aan de geribbelde ruitjes, ze zijn koud van de vorst en hij stelt zich voor dat er aan de buitenkant rijp op zal zitten. 'BAM-BAM-BAM!' Meneer Padrie wijst naar links, daar moet in ieder geval een kerk zijn. Voor hij verder kan luisteren gaat de deur achter hem open.

'Goeiemorgen, meneer Padrie, kerkdienst. U heeft zich toch opgegeven?'

'Ik...' aarzelt meneer Padrie, dan laat hij zijn armen langs zijn lichaam vallen en zucht diep.

'Tja,' zegt de bewaarder, 'ik heb het hier toch op mijn lijst staan hoor. U heeft zich opgegeven voor de protestantse kerkdienst. Wilt u misschien liever maar niet gaan?'

Meneer Padrie herinnert zich zijn val en betast voorzichtig zijn schedel. Hij en de bewaarder zijn opeens in een fluisterend gesprek gewikkeld dat enige minuten duurt. Als hij weer alleen is en bezig is zijn kleren aan te trekken staat er een buisje pillen op tafel, naast de brief van zijn vriend Lode, rechtop tegen het jampotje. Er zit thee in zijn beker en het dampt. Meneer Padrie drinkt met kleine slokjes, de deur van zijn cel staat op een kier. Hij knoopt de gulp van zijn terlenkabroek dicht en kijkt verbaasd naar een voor hem oprijzend, haarscherp beeld van zijn vriend Lode, die hij gekend heeft, maar van wie hij zich niet herinnert hoe lang het geleden is dat hij hem zag – Lode zit met alleen een rafelige lendendoek om zijn heupen, in kaarsrechte onbeweeglijkheid op een bergtop en boven zijn hoofd wieken grote grijze vogels met gekromde snavels; ze schreeuwen een boodschap die meneer Padrie niet begrijpt en hij doet een stap naar voren, stoot zich aan de tafelrand en alles vervormt tot een waas.

Van de tafel drupt thee op de vloer. Gauw grijpt hij een vaatdoekje en dept het vocht op. Hij maakt voort, steekt een sigaret op en loopt langs de deur, over de ring. Hier en daar staan de celdeuren los en gevangenen voegen zich bij hem. Niemand spreekt, ze lijken in gedachten verzonken en van heel ver vangt meneer Padrie nog het beieren van de kerkklokken op. De frisse geur van dennegroen prikkelt zijn neus en hij ontdekt op sommige plaatsen aan de wanden takjes die daar met ijzerdraad bevestigd zijn. Door over zijn schouder te kijken vangt hij een glimp op van de grote kerstboom op het vlak.

Bij de ingang van de kerkzaal staat de dominee in een wijde zwarte toga, aan de andere kant de huismeester in uniform. Beide mannen glimlachen, maar op verschillende manier. De geestelijke pakt zijn hand en spreekt op zachte toon een welkomstwoord, de huismeester heeft zijn handen op zijn rug en knikt naar hem. Hij loopt door en het is alsof zijn mond met proppen watten is gevuld. Terug om gauw nog even een slok water te drinken kan niet meer. Er staan stoelen waar anders het balspel wordt bedreven, er is een kansel van glimmend lichtbruin eikehout neergezet. Door de hoge gebrandschilderde ramen valt flauw daglicht in dunne stralenbundels, hij zou er wel onder willen gaan staan om iets van dat licht op zijn huid te voelen; om er met zijn handen in te spelen en zijn ogen tot kieren te knijpen en de minuscule stofdeeltjes te zien dansen. Hij moet aan een herfst denken, aan eindeloze wandelingen en een landschap vol bomen, weids onder een brandende hemel... 'Ik liep daar en ik had een doel. Ik was ergens naar op weg en ik wist dat als ik zo laat van het ene punt vertrok dat ik dan zo en zo laat op het andere punt aankwam. Wat is er gebeurd...?'

Hij kiest een stoel tussen twee lege, er ligt een liederenboek op de zitting. Er wordt gekucht, met stoelen geschoven en met bladzijden geritseld. Hij bladert in het boek en leest een paar regels, even houden de woorden hem vast:

'Wees mij genadig, o God, want de mensen vertrappen
    mij,
den gansen dag benauwen mij de bestrijders;
wie mij benauwen, vertrappen mij den gansen dag,
ja velen zijn het, die mij uit de hoogte bestrijden.
Ten dage dat ik vrees, vertrouw ik op U;
op God, wiens woord ik prijs.
Op God vertrouw ik, ik vrees niet;
wat zou vlees mij aandoen?'

Binnensmonds herhaalt meneer Padrie de laatste regel: 'Wat zou vlees mij aandoen?' Onder de hoge ramen zitten oudere dames en heren van een zangkoor, ze dragen mooie stijve kleren en zij kijken voornamelijk naar de grond of de zoldering. Als meneer Padrie de afdrukken van te hard geschoten ballen op het plafond ziet, zegt hij zachtjes 'ja' en is blij dat hij gekomen is.

De dominee betreedt de kansel, het koor verrijst en de gevangenen, meneer Padrie met hen, doen hetzelfde. Ergens boven zijn hoofd achter hem speelt een orgel, hij durft zich niet om te draaien, bevreesd iets te zullen missen. De dominee preekt met warme stem en het is doodstil in de rijen. Een loomte daalt over meneer Padrie, een werkelijkheid zo kalm en behaaglijk, met flarden van een abstracte aanwezigheid die groot in vrede is – het maakt hem prettig klein.

'Hij stierf voor onze zonden, laten wij Hem eren de Verlosser en deze psalm aan Hem opdragen.' De dominee noemt pagina en nummer. Orgeltonen zetten in, de koorleden staan op in een ruisen van kleren en iedereen staat en een zingen weerklinkt; het zwelt aan en het stijgt, eerst nog als een zware bromtoon, maar allengs lichter en helderder van klank buitelen de stemmen door de ruimte en ze tillen hem op en meneer Padrie waant zich bij de engelen in een zee van golven en sterren.

Op de begane grond is het een gegons van jewelste en daar tussendoor stuitert steeds het 'tik tok' van de heen en weer schietende balletjes. Er wordt aan drie tafels tegelijk gespeeld en het gaat zeer snel. Meneer Padrie is door iemand die van een lijst leest, naar de achterste tafel gedirigeerd en daar houdt hij zich nu op en tracht de baan van het witte balletje te volgen. Hij prikt zijn blik vast op het netje en ziet van alle kanten witte puntjes langs flitsen... 'tik tok tik tok tik tok...' Een man in een sporthemd veegt zich met een handdoek zweet van zijn voorhoofd, hij hijgt en hij zegt tegen meneer Padrie: 'Hierna is het uw beurt, deze tafel loopt wat stroef, maar de ballen zijn goed.'

'Ik ben op transport geweest,' zegt meneer Padrie, 'in een auto en voor ik mocht instappen, bonden ze een lange ronde stok met leren riempjes aan mijn been en verborgen 'm onder mijn broek.'

Aan de andere kant van de tafel staat een kleine Chinees gespannen met het batje in zijn hand. Meneer Padrie verroert zich niet en wacht tot de Chinees hem een teken zal geven. Dan moet hij zich een aantal keren bukken naar de bal die langs hem schiet en over de tegels wegrolt. De voorzitter van het feestcomité, die ook scheidsrechter is, roept na elke slag de stand. Meneer Padrie maait in de lucht en gooit zijn benen mee, te laat ziet hij uit zijn ooghoeken het projectiel suizend op zich afkomen. Hij voelt een klap op zijn borst die zijn adem afsnijdt en hij slaat achterover.

Hij krabbelt zo gauw als hij kan overeind en lacht mee met de mannen. 'Ha ha ha, gevloerd door een ping-pongbal, nee, die is mooi zeg!' Aan de andere tafel gaat het spel door, rubber zolen maken een piepend geluid en spelers worden luid aangemoedigd. De zware koperen bel kondigt het middageten aan en bewaarders mengen zich tussen de gevangenen en rinkelen met sleutelbossen. Opgelucht verwelkomt meneer Padrie de stilte als de celdeur achter hem in 't slot valt.

Hij tilt de deksel van de gamel en steekt een vinger in een massa beige dril, likt eraan en tilt het volgende pannetje op en zo verder tot hij van alle gerechten heeft geproefd en de pannetjes netjes in gelid op tafel staan.

Hij neemt de theedoek en drapeert 'm zodanig dat van het eten niets meer te zien is. Even later strijkt hij een lucifer af en zuigt het vuur in een sigaret. Gehurkt in een hoek van de cel doet hij een paar seconden moeite om zich te herinneren of hij die ochtend op de luchtplaats is geweest – hij vergeet.

'Neemt u uw pillen wel, meneer Padrie,' vraagt een bewaarder die de pannen komt halen. 'En u heeft niets gegeten, wat zonde van dat kostelijke kerstmenu.' De stem van de bewaarder klinkt verbaasd en ook verwijtend. 'Nu moet u weer een jaar wachten eer u zulk lekkers krijgt, wat een zonde van dat eten.'

Meneer Padrie slaat zijn ogen neer en schaamt zich de ander last te bezorgen. Hij wil nu zoveel dingen tegelijk doen – pannen uit de handen van de man in het uniform graaien, alles opeten en pillen uit het buisje schudden – dat hij in verwarring raakt en achteruitdeinst. De bewaarder zegt iets grappigs en meneer Padrie geeft schoorvoetend toe aan een lach, die hol blijft en al lang is vervluchtigd als hij een kleine paarse pil in zijn mond stopt en met speeksel doorslikt.

Hij wacht of hij iets merkt, hij weet niet hoelang hij met stijve nek, z'n hoofd achterover, wacht. Ze laten hem de stilte niet, opdat hij het rustig uit zou kunnen zoeken; hij hoort ze bij zijn deur, het malen van de raderen, het hotsen van de zuigers en het ploffen van de pompen, de fabriek – een obsceen gehijg van een betonnen monster wiens muren kraken, maar nooit wankelen en geen millimeter meegeven. Wat zal hij moeten merken, dat de ruimte waarbinnen hij zich beweegt steeds nauwer raakt? Dat er muren staan en deuren openen en sluiten achter deuren die weer in verbinding staan met andere deuren? Meneer Padrie denkt in de lucht een vliegtuig te horen en al op zijn weg naar het venster stokt hij en balt zijn vuisten.

'Ik dacht aan een nauwe buis, of ik zat in een vierkant hok en probeerde te kruipen, maar de bodem was te hoog en het plafond zakte...' Hij klampt zich met een kracht uit de diepte vast aan de gedachte... 'Ik... het was een holte, er was niets, het... stond stil...'

'De film, theebeker meenemen!'

Het knallen van de ijzeren deuren, achter elkaar, een voor een. Meneer Padrie kijkt de bewaarder na, hoe hij zijn sleutel gebruikt en naar de volgende deur loopt. Meneer Padrie is gerustgesteld als hij de gevangenen langs de deuren ziet komen en in groepjes of alleen, de korte afstand naar de filmzaal ziet gaan. Hij mengt zich onder hen en raakt armen aan, lichamen, ze raken hem aan, ze botsen en hij spant zijn schouders en glundert. Hij hóórt hier, tussen deze mensen. Hij voelt het, hij wéét het! Hij schuift mee met de slurf de zaal in.

Voor de hoge ramen zijn zware gordijnen dichtgeschoven, de tl-buizen geven de zaal een schel licht dat pijn doet en dood maakt. De mannen op de stoelen naast hem hebben bekende gezichten. Het lijkt op een kermis, een jolig feest. Ze stompen elkaar op de bovenarm en roepen en fluiten en klappen in hun handen. 'BEGINNEN!' schreeuwt er een achterin. 'BOE,' klinkt het terug.

Midden in het lawaai staat de huismeester voor het filmdoek en verzoekt om stilte, hij moet het enkele malen herhalen.

'Mannen, het is u bij de ingang al gezegd: ER MAG NIET GEROOKT WORDEN! Dus uw peuken uit. We beginnen niet eerder voor iedereen zijn rookwaar heeft gedoofd!'

Ze joelen en trappen hun peuken op de vloer. De lichten gaan uit en weer is het rumoerig, met rare stemmen die 'oh moeder' roepen, en vet gegrinnik. Meneer Padrie gaat er goed voor zitten. Er wordt nog steeds gefluisterd en gesist, in de rij voor hem bijt een gevangene een ander 'slijmbal, hou je kop' toe. Er verschijnen namen en beelden op het doek, muziek van roffelende trommen begint te dreunen en voor zijn ogen ontrolt zich een fantastisch spektakel waarin paarden en Mongolen een voorname rol spelen.

Er is een pauze ingelast (meneer Padrie schermt een hand voor zijn ogen als het licht aanfloept) en ze krijgen allemaal een sprits bij de thee. Die avond kijkt meneer Padrie nog televisie (een lachprogramma) en kruipt dan in zijn bed. Hij geeuwt, te moe om te slapen. Hij luistert en draait zijn hoofd zo op het kussen dat hij de contouren van het venster kan zien. Er rijden auto's buiten de muur; soms toetert er een, maar kort, zo in de vlucht, een signaaltje in de nacht. Hij is wakker als het oog gluurt – 'Hallo,' roept meneer Padrie halfluid, zijn knieën onder de dekens optrekkend. Ergens in het gebouw hoest iemand en dat is het enige dat hij beleeft die nacht. Hij slaapt.

De bewaarder moet 'm aan zijn schouder schudden om hem op te krijgen. Meneer Padrie mompelt, klimt uit bed en drinkt lang uit de plastic waterkan. Hij staat in de toiletruimte voor de scheerspiegel en wrijft langs zijn kin. Zijn denken, zijn handelen kent geen enkele samenhang meer en zijn lichaam lijkt met een knuppel bewerkt; het zijn knopen onder zijn huid en kale plekken in zijn geheugen. Hij realiseert zich maar half dat hij eens de vertraging heeft gezocht in de hoop vanuit die positie te kunnen vinden.

'Ik zei dat ik iets zocht, ik had er een naam voor...'

Pas na zijn tweede beker koffie wordt hij wakker en verheugt zich op een nieuwe feestdag. Het is allemaal wat minder uitbundig dan de eerste dag, maar als de compe-

tities hun finales naderen neemt de spanning toe en bij het
volleybal juicht meneer Padrie langs de kant net zo hard
als de anderen.

Met smaak eet hij 's middags al zijn pannetjes leeg en
rookt een sigaretje. De brief legt hij op de richel onder
het venster. De spierpijn in zijn armen en benen trekt af
en toe weg en komt dan weer opzetten. Hij ontdekt er
een zeker patroon in en is volmaakt tevreden.

Op de luchtplaats ligt een laagje sneeuw en ook de da-
ken zijn wit. Gevangenen bekogelen elkaar met sneeuw-
ballen, later mikken ze op de bewaarders, die lachen en
teruggooien. Meeuwen strijken neer in de dakgoot van
het c-blok. Meneer Padrie raapt een handvol sneeuw van
de stenen, haalt een pillenbuisje uit zijn broekzak, bedekt
het met sneeuw, kneedt tot het een bal is en gooit zonder
te kijken.

De brooduitdeler zegt tegen hem: 'Vanavond krijgen we
warme chocolademelk, dat wordt weer vellen verzame-
len!'

'Nou,' bemoeit de bewaarder zich ermee, 'moet je luisteren, we doen ons best. Weet u nog, meneer Padrie, met
Sinterklaas? Toen ging alle chocolademelk en speculaas
schoon op! Ik wil jullie nog wel es horen vanavond, wed-
den dat je zit te slubberen?'

De bewaarder zegt het tegen de brooduitdeler, met een
knipoog naar meneer Padrie. De mannen lopen door. Opeens weet hij het weer: een ronde tafel gedekt met een
blauw geruit kleed, de handen van zijn moeder en haar
zachtjes foeteren op de hete bekers, ze zet ze op tafel en
hij duwt zijn neus bijna in de heerlijk geurige drank; hij
snuift en nog eens, zijn handen rond de beker... Even onverwacht als de beelden hem voor ogen kwamen, wijken
ze. Peinzend drukt hij het lipje van de radio op.

'*Kunt u nu zeggen wat u het meest is bijgebleven uit die tijd? Zijn er gebeurtenissen waarvan u zegt, ja, daar wil ik wel wat over kwijt?*'

'Hé,' denkt meneer Padrie.

'*Nou... eh, ja gebeurtenissen zat hè, ja natuurlijk... maar om nou te zeggen, hè, nee, ach nee... euh...*'

Dit gaat zo enige tijd door en meneer Padrie kan er niet erg mee uit de voeten. De stem van de ondervrager klinkt jong en steriel, de stem van een ambitieuze jongeman die het spreken op een cursus heeft geleerd. De tweede stem lijkt die van een buitenmens met spijt dat hij aan het vraag-en antwoordspelletje is begonnen. Ze draaien een plaatje, meneer Padrie knipt zijn vingers en loopt van de deur naar de tafel, van de tafel naar de deur. Het wordt avond.

Na de avondplas en het tandenpoetsen sluit de oude bewaarder hem in met de mededeling dat hij over een half-uur met de ronddeling van de warme chocolademelk zal beginnen. Meneer Padrie zit op de rand van zijn bed en verheugt zich! De verwarmingsbuis verspreidt een droge warmte. Hij verricht allerlei kleine handelingen, pulkt aan lichaamsdelen, beweegt zijn tenen en zuigt tussen zijn tanden. In de cel is alles zoals het altijd was: geordend en overzichtelijk, geen dingen die er niet horen. Hij hoeft niet weg, hij kan zo blijven zitten en ze zullen hem met rust laten. Hij is deel van het gebeuren, het geluid en de stilte zijn *in* hem en het is *zijn* adem die ineenvloeit met de rest!

'Ik ben ergens,' zegt meneer Padrie in zichzelf, 'en het kan elk moment bevestigd worden.'

Hij herkent de sloffende gang van de bewaarder die langs de cellen gaat en luikjes opent en sluit. Meneer Padrie stelt zich met zijn beker in zijn hand op bij de deur. Zijn rechterbuurman is aan de beurt. Een lichte tik als de schenkkan ijzer raakt. Dan zijn linkerbuurman, meneer Padrie wacht. De voetstappen verwijderen zich verder en verder, in de rondte, tot het weer stil is. Meneer Padrie weet het niet, maar het is rond middernacht als hij op de rode knop in de deurpost drukt. Het duurt lang voor het gezicht van de oude baas boven de klep van het luikje opduikt.

'Wat is er, kan u niet slapen?'

'Inderdaad,' antwoordt meneer Padrie, eveneens op fluistertoon. 'Ik heb gewacht tot u kwam, ik zag u niet.'

De bewaarder fronst en zegt: 'Wat bedoelt u, heeft u dan al eerder gebeld?'

'Dat geloof ik niet, het ging er mij om dat ik zin had in chocolademelk.'

Bij deze laatste woorden aarzelt meneer Padrie...

'Chocolademelk,' herhaalt de bewaarder, 'maar man, die is al lang op! Heb ik u overgeslagen, nee toch?'

Meneer Padrie knikt en zegt zachtjes: 'Ik dacht dat jullie mij vergeten waren; ik ben de hele avond thuisgebleven, niemand stoorde mij.'

De oude draait de sleutel in het luikje en sloft weg. Meneer Padrie, wijdbeens naast zijn bed, hoort scherp toe, zijn hoofd steil achterover in een kramp.

De hobbyclub

Het is een bekend verschijnsel dat mensen die langere tijd in instituten zitten opgesloten op den duur tot allerlei vormen van creativiteit komen! Het is bewezen dat het goed is voor de patiënt of gevangene als hij of zij zich aan het ontspannende borduren, kleien of figuurzagen, zet. Het geeft de mensen wat om handen en ze hoeven even niet aan hun gektes en frustraties te denken.

Soms is er een activiteitenpotje beschikbaar en schaft het instituut een kleioven en gereedschap aan, in andere tehuizen is er sinds de jaren vijftig niets aangevuld en moet men zich behelpen met Mensch Erger Je Niet en een halmaspel waaraan enkele pionnen ontbreken en de rest van kleur verschoten is tot kaalgesleten droefenis. De rijkere instituten treffen het zo nu en dan een vermogend mens, bij voorbeeld een overspannen grootindustrieel, in hun midden te hebben die bij zijn afscheid de inrichting een sjoelbak, zes verschillende kwartetspellen, enige knotten wol en een doos met knopen schenkt. (Terwijl in deze sjieke tehuizen de maaltijden een getrouwe afspiegeling zijn van die der betere restaurants – dure namen voor slappe liflafjes die de buik niet vullen – is het eten in de instituten die zich met een minimum aan creatieve spel-elementen moeten zien te redden, meestal bijzonder goed, van gewone degelijke kwaliteit zoals je het vroeger thuis kreeg.)

De resultaten van de handvaardigheid van patiënten of gevangenen vallen dikwijls aan de wanden in de gestichten te bewonderen. Wie kent niet het populaire gekleurde draad, in een volks motief (een scheepje of een poes) op een plankje gespannen. Zo nu en dan kom je in wachtkamers zelfs wel eens een abstract werk van dit draad tegen. Op zulke dagen is het leven geen lolletje.

Het Huis van Bewaring waar men mij had opgesloten was een oud gebouw dat voorbestemd was gesloopt te worden, maar omdat de bouw van de nieuwe behuizing slechts langzaam vorderde en het aantal misdadigers toch al groter was dan de gevangenissen konden bergen, werd de sloopdatum steeds opgeschoven. Voor ik daar werd binnengebracht had ik geen idee hoe het er zou toegaan; ik had wel eens tijdschriftfoto's van gevangenen in hun cellen gezien en toen ik een kind was nam mijn vader mij af en toe op zondag mee uit wandelen, waarbij wij dan langs de grote koepel kwamen. Een gebouw dat mij vrees aanjoeg en in al zijn somberte dreigend hoog boven de huizen uitstak, grijs en solide, met overal tralies, waarachter ik schaduwen meende te zien bewegen. Elke keer vroeg ik aan mijn vader, terwijl een geheimzinnige opwinding in mijn keel klopte, wat die koepel voor ding was en ik huiverde als hij antwoordde dat daar de dieven werden opgesloten...

Terugkijkend schijnt het dat mijn jeugd één voorbereiding is geweest op wat onvermijdelijk ging komen: de dag dat ik de bajes van binnen te zien kreeg. Het overtrof mijn ergste verwachtingen, en tegelijkertijd viel het mee. De behuizing was erbarmelijk en kil, maar de behandeling redelijk, er scheen niet gemarteld te worden en de gevangenen konden buiten de cellen hardop met elkaar praten. De directeur was een nietsnut die zich nooit aan ons liet zien en de feitelijke macht lag geheel bij de huis-meester. Toen ik na een aantal weken min of meer ge-wend was aan mijn nieuwe omgeving verbaasde ik mij over die term 'huismeester'.

Ik vond het niet erg bij de omstandigheden passen; het suggereerde een bepaalde huislijkheid, iets intiems van 'de huismeester waakt over uw persoonlijke bezittingen', ja, bijna alsof hij de conciërge van een flatgebouw was. Het was waar dat hij zich meester van het huis toonde. Je kon merken wanneer hij zwaar getafeld had; zijn klei-ne ronde kop kreeg dan een paarsachtige glans, zijn wan-gen stonden bol van het onophoudelijk binnensmonds boeren, hij wreef zich driftig over de maag en was niet te genieten. Hij controleerde de schoonmakers en de brood-uitdelers, stond overal met zijn neus bovenop en snauwde dat het niet mooi meer was. Bewaarders en gevangenen werden krankjorem van 'm op die dagen, maar ik herin-ner me ook dat ik me erover verbaasde dat de gevangenen eensgezind besloten leken te hebben de man met al zijn eigenaardigheden te accepteren. Ze mopperden wel en re-gelmatig werd het plan geopperd de chef te vermoorden, maar toch pikten ze alles van hem. Hij was hun grote oom die weliswaar vervelende afwijkingen had maar op wie je toch kon rekenen.

Ik keek naar de huismeester en dacht: 'Dat is een bil-lenbijter! Hier hebben we zo'n kereltje dat niet meer los-laat als hij heeft gehapt.' Hij ging gebukt onder een groot minderwaardigheidscomplex en bovendien was hij af-komstig uit de provincie; daar moest een compensatie te-genover staan: HUISMEESTER.

Deze chef-bewaker stond, mits alles in goede orde ver-liep en er niet aan valse sleutels werd gewerkt, niet on-welwillend tegenover de creativiteit. Ontspannen mocht, maar het moest weinig overlast geven en vooral mocht het niet veel kosten. Onze huismeester was nog van de oude cipiersgarde; de mannen die er de simpele maar geen ruimte voor verwarring latende visie op na hielden dat bajesklanten in de lik zaten voor een misdrijf en dat, zolang ze gevangen zaten, hun plaats achter de deur was. De cipiers bewaakten en de gevangenen deden boete – het was de cipiers streng verboden een woord met de misdadigers te wisselen. Er bestond een strikte en zeer nadrukkelijk aanwezige scheidslijn.

Toen braken er nieuwe, democratischer tijden aan en ook de gevangenisvoorschriften gingen op de helling. Bij stukjes en beetjes veranderde het gevangenismodel van 'barbaars maar ondubbelzinnig' in 'menselijk en verwarrend'. De cipiers van de oude stempel moesten op last van hogerhand opeens allerlei cursussen gaan volgen, zich verdiepen in tal van maatschappelijke problemen. Ze werden een weekend getraind door een psycholoog die ze meenam naar het bos waar de cipiers een 'rollenspel' moesten neerzetten, en ze kregen lezingen van mensen die de ene keer over seksualiteit en een andere keer over verslavingsziekten vertelden. De vooruitgang introduceerde nieuwe termen en begrippen in de bajes en onder druk van de geleerden werden de huismeester en zijn mannen niet langer 'bewaker' of 'bewaarder' genoemd maar 'bejegeningsambtenaar'. De gevangene bleek plotseling ook weer een mens, dit met alle rompslomp vandien.

Om zijn carrière niet in gevaar te brengen had onze grote oom zich moeten voegen naar wat de nieuwe tijd hem voorschreef, maar het ging niet van harte. Uiteindelijk had hij er mee ingestemd dat gevangenen die daar gebruik van wilden maken zich één keer per week konden uitleven bij de handenarbeid. Als hij dienst had kwam hij altijd even kijken bij de hobbyclub, waar men, zoals het officieel heette 'handvaardigheidstherapie' kreeg. In zijn houding liet hij er geen twijfel over bestaan dat dit samen-hokken van ongeveer een dozijn criminelen, buiten hun cellen vertoevend en beschikkend over diverse gereedschappen, niet zíjn idee van detentie was. Niet dat het gereedschap ook maar in staat kon worden geacht een gevangene behulpzaam te zijn bij een uitbraakpoging, daar was de troep te oud voor. Nee, hij hield er niet van de mannen bezig te zien met lijm, stukjes hout en kralen. Dat was iets voor vrouwen, kerels deden aan sport.

Met zijn handen op zijn rug stond hij in de deurope-ning van de hobbyclub (een vochtig hok achter in het gebouw) grijnzend van bloemkooloor naar bloemkooloor, z'n keel schrapend: 'Goeienavond here'n, al koffie gehad?'

Jawel, de heren hadden al 'koffie' gehad en vrolijk waren zij verdiept in het boetseren van asbakken, het kunstig naschilderen van foto's, het vervaardigen van een dam- of schaakbord, het schaven aan boekensteunen, het van afgebrande lucifers geknutselde bouwwerk 'De Dom van Utrecht' verder voltooien en, zoals in mijn geval, het werken aan heimwee-collages.

'Zo mag ik het hore'n manne'n,' zei de huismeester en hij liet zijn dienstschoenen kraken. Met de recreatiemees-ter in zijn kielzog stapte hij, nog steeds met zijn handen op zijn rug, langzaam en oplettend van tafel naar tafel, van werkstuk naar werkstuk. Iedere kunstenaar werd bekeken met een scherp oog dat alles en iedereen wantrouw-de. Hier en daar sprak hij een woordje, boog zich over werkstukken, veerde weer recht en net niet hakkenklak-kend stapte hij met afgemeten passen verder, om aan het eind van zijn inspectie met een uitdrukking van geamu-seerd medelijden op zijn aardappeletersgezicht weg te lo-pen, daarmee de hobbyclub voor die week de zegen ge-vend.

De recreatiemeester – de verantwoordelijke man voor het samenstellen van de televisieprogramma's, de muzikale radiofruitmand en het stimuleren van de creativiteit – was van een geheel ander kaliber. Hij was een wat mismoedige veertiger die eigenlijk kunstschilder had willen worden; maar door allerlei tegenslag, waarvan de belangrijkste zijn gebrek aan talent was, kwam hij van lieverlede in de bajes terecht. Lachen zag je hem nooit, op zijn best glimlachte hij zoetzuur als iemand een grapje tegen hem maakte. Een saaie man van het soort dat je over de hele wereld in wachtkamers tegenkomt; mensen die uren aan één stuk beklemmend kunnen zwijgen, af en toe ingetogen kuchend, apathisch naar hun schoenen turend. Wel moet gezegd worden dat hij behulpzaam was, je kon altijd met een probleem op het gebied van de handvaardigheid bij hem terecht. Hij was een echte kei in het figuurzagen en week nooit van het potloodlijntje af. Geen zaagje brak er tussen zijn vingers en ook met vetkrijt kon hij aardig overweg.

Onder het knippen en plakken dacht ik er wel eens over na hoe een mens er toch toe kwam om in de gevangenis te gaan werken. Wat dreef de mens die zich aanmeldde om toezicht te houden op zijn gevangen broeders? Het bestond niet dat je dit soort vragen aan de recreatiemeester of een ander personeelslid stelde en dat je er dan ook nog een eerlijk antwoord op zou krijgen.

Negen van de tien keer zou men met het obligate verhaaltje van 'sociaal werk' en 'iemand moet het toch doen' aankomen – de enige andere variatie zou uit een hooghartig zwijgen bestaan. Het was mij niet ontgaan dat de kerels die in de gevangenis werkten zonder uitzondering fysiek onaantrekkelijk, om niet te zeggen lelijk waren. Ik heb nog nooit een mooie jongen in cipiersuniform gezien. Ja, langharigen, die zag je wel eens. Met die gasten was het dubbel oppassen geblazen. Onder het mom van 'modern' en 'weet je wel' probeerden ze zich aan je op te dringen, zodat je misschien vertrouwelijk met ze werd en, wie weet, in een sentimenteel moment je geheime hasjbergplaats zou verklappen.

Het was mij een raadsel wat iemand er in zag om vrijwillig zoveel tijd in de bajes door te brengen.

Op een van die wekelijkse avonden dat ik deelnam aan de hobbyclub en voor een moment genoeg had van het frutselen aan collages die ik treurige titels als 'Highway Blues' en 'Cityboy got the Blues Again' meegaf, stond ik op en drentelde naar de tafel waaraan de man met de luciferhoutjes met onwaarschijnlijk geduld aan zijn schepping bouwde. Deze man werd door iedereen, ook door de bewaarders Kodak genoemd. Hij zat voor ontuchtige handelingen met minderjarigen en van al zijn vriendjes en vriendinnetjes had hij foto's gemaakt die bij zijn arrestatie door de politie in beslag waren genomen... In tegenstelling tot andere ontuchters, die door de gevangenisgemeenschap met de nek aangekeken, vijandig in een hoek gedrukt en niet zelden rechtstreeks met hun leven bedreigd worden, werd Kodak min of meer getolereerd nadat gebleken was dat hij over een uitzonderlijk goed stel hersens en een grote parate kennis van de jurisprudentie beschikte. Het leek of hij elke paragraaf van het Wetboek van Strafrecht uit zijn hoofd kende en beter dan een advocaat kon hij je vertellen hoe je verzoekschriften aan de rechtbank en dergelijke moest opstellen. De gevangenen maakten gebruik van zijn kennis, maar hun minachting voor zijn seksuele voorkeur werd er niet minder op. De ongeschreven wet luidde dat je niet met Kodak sprak als je hem niet nodig had voor juridisch advies.

Het weinige dat ik over Kodak wist had ik van anderen vernomen en ook ik voelde instinctief een afkeer van deze man die zich vergrepen had aan kinderen. Kinderen nota bene, op zwangere vrouwen na het heiligste dat er bestond! Ik merkte hoe de sociale controle tussen de gevangenen een vorm kon aannemen waarmee niet te spotten viel. Mannen die in gezelschap van Kodak gesignaleerd werden konden er op rekenen dat ze later verantwoording voor hun gedrag zouden moeten afleggen. De gevangenen hadden hun eigen krijgsraad; een voor de betrokkene nadelige uitspraak kon resulteren in een flink pag slaag in de doucheruimte of op een andere plaats waar weinig bewaking was.

De eerste keer dat ik Kodak hoorde praten trof het me dat zijn stem totaal anders klonk dan ik hem mij had voorgesteld. Een beetje gluiperige toon had ik verwacht, de onderdanige pariastem van iemand die weet dat hij een buitenstaander is, hieronder lijdt en alle mogelijke moeite doet om zijn leven draaglijk te maken; door te likken, te vleien en in het stof te kruipen... Maar hij sprak als een geleerd man die over het heelal en de stand der sterren nadacht; een stem met een gedegen ondergrond van innerlijke overtuiging en verscheurde emoties.

Hij had me verrast op een wijze die ik zelf niet zo goed kon thuis brengen. Zijn stem had mij opeens als een bel in mijn hoofd geklonken. Het was het begin van een zonderlinge interesse die ik voor Kodak zou ontwikkelen.

Ik stond naast zijn tafel en stak een sigaretje op. Hij liet niet merken dat hij mij gezien had. Ik begreep niet hoe hij het volhield zich steeds met zoveel overgave aan zulk zenuwenlijderswerk te wijden. Zijn voorraad afgebrande lucifers koesterde hij in een doos onder onmiddellijk handbereik. Hij raapte de houtjes van de luchtplaats en viste ze uit asbakken. Een van de pesterijen die hij zich moest laten aanleunen was dat sommigen hun lucifers knakten voor ze ze weggooiden... Ik keek naar zijn han-

den en bedacht dat hij een eenling was, een met een rots-
vast geloof in zichzelf. Een vreemde vastberadenheid zag
ik in hem; vreemd omdat het in tegenspraak met zijn daden leek. Waar kwam die trots vandaan?

Zijn vingers brachten in een bijna teder te noemen ritme de houtjes op hun plaats tegen de kartonnen toren-
wand. Om maar iets te zeggen vroeg ik of hij een sigaret
wilde en hield hem het pakje voor. Heel even keek hij mij
over zijn bril (natuurlijk had hij een bril, zulke types dragen *altijd* een bril) aan en zei: 'Nee bedankt, ik rook niet.'

Ik stopte het pakje weg en hoorde mezelf zeggen:
'Rook je niet? Dat zie je niet veel in bajes.'

Hij liet zijn handen op tafel rusten en keek me nu iets
langer aan, lichtelijk verwonderd dat ik dit tegen hem zei.
Ik wist zelf ook niet waarom ik plotseling zo praatziek
werd. Ik lulde iets over zijn bouwwerk, een bewonderen-
de opmerking waar ik geen woord van meende. Om ons
heen werd het stil, iedereen had zijn bezigheden gestaakt
en alle ogen waren op ons gericht. Mijn mond voelde
kurkdroog en ik kreeg haast om van hem te horen wanneer hij dacht dat het werk klaarkwam. Zijn handen lagen nu in zijn schoot, zijn bril had hij afgezet en voor zich
op tafel tussen de rommel geschoven. Hij mompelde heel
zachtjes: 'Jongen, waarom bemoei jij je niet met je eigen
zaken.'

Vanuit mijn ooghoeken zag ik een grote kerel onze
kant uitkomen. Een dommekracht met de tors van een
gladiator die te lang op een zetmeeldieet is gehouden.
Iemand had me eens verteld dat hij gearresteerd was voor
veediefstal; toen ik het hoorde moest ik lachen, ik wist
niet dat veediefstal nog bestond. Het monster sjorde met
één hand zijn broek op en maakte met de vuist van zijn
andere hand korte maaiende bewegingen in de hobbyruimte. De recreatiemeester weifelde of hij meteen op de
alarmbel moest drukken of nog even zou wachten.

In een flits zag ik hoe het zou gaan: de veedief vermor-
zelde met één vuistslag 'De Dom van Utrecht' en timmer-
de er net zo lang op los tot er geen houtje meer heel was,
daarna was ik aan de beurt... Kodak zat stijf in zijn stoel
en staarde recht voor zich uit naar de muur. Ik deed een
stap terug.

Het monster was nu vlakbij en richtte zich op als een
beer die tot de aanval over gaat...

'Zeg eh, Kodak,' klonk het uit zijn mond, 'wat denk je,
zou je me kenne hellepe met het invulle van een eh, paar
papiere...?'

'Natuurlijk,' antwoordde Kodak met volmaakt beheer-
ste stem, zijn rug nauwelijks zichtbaar ontspannend, 'kom
morgenochtend maar even langs mijn cel, dan maken we
het in orde.' Hij zette zijn bril weer op en knikte vriendelijk naar de veedief. Deze maaide nog een keer zijn vuist
door de lucht, bromde goedkeurend en liep terug naar zijn
stoel. Het moment daarop was iedereen weer bezig aan
zijn werkstuk.

In gedachten zijn zelfbeheersing prijzend observeerde
ik Kodak nog enige tijd, zag dat hij andermaal volkomen
opging in zijn bouwwerk en besloot toen, om mijzelf
moeilijkheden te besparen, geen verdere toenadering te
zoeken. De deur van de hobbyclub werd opengeworpen,
de huismeester verscheen op de drempel en deelde ons
mee, op een manier die een waarschuwing inhield vooral
niet hierover met hem in discussie te treden, dat het tijd
was. Tijd voor de avondplas, het tandenpoetsen en de celdeur die achter je op slot ging.

Zonder morren gaven wij gehoor aan zijn bevel en terwijl de recreatiemeester het gereedschap controleerde en
zorgvuldig opborg liepen wij achter de chef aan naar onze nachtverblijven. Als altijd was Kodak de laatste, hij
hielp met opruimen en zag er persoonlijk op toe dat zijn
tere schepping een veilig hoekje kreeg.

Ik streepte de dagen op een kalender weg en ik zag gevangenen met ontslag gaan en nieuwe slachtoffers binnenkomen. In mijn zaak scheen geen schot te zitten en ook Kodak bleef waar hij was. Ik betrapte mij er op dat ik vaak aan hem dacht. Ik begon, met een steeds sterker wordende overtuiging, in hem het symbool van de uitgestoten mens te zien. In de hobbyruimte moest ik me bedwingen om niet op te staan en hem te omarmen, om hem mijn vriendschap op te dragen.

Ik verzon smoesjes die ik zou kunnen gebruiken om contact met hem te krijgen, maar juridisch gesproken liet de zaak waarvoor ik zat geen enkele vraag open. Kodak bleef alleen en op afstand. Hij was als een levende tussen de doden in het gesticht, hij liep apart van de sjokkende meute wiens grootste zorg het was wat voor middagmaal zij zou krijgen. Hij was misschien wel de Onaanraakbare, ja, de verzwegen zoon Gods...

Ik dacht aan wat hij had gedaan met die kinderen. Wat hád hij gedaan met ze? In kinderen kon het nog ongecorrumpeerd feest zijn, ze waren nog onbesmet met de melancholie die onvermijdelijk komt met het verlies van de jeugd. Het moest onvergeeflijk zijn als je een kind beschadigde. Voor zo iets kon geen rechtvaardiging bestaan, en toch leek Kodak er door beschermd te worden. Ik kon aan niets anders meer denken dan dat ik met hem moest spreken. Ik hield mezelf voor dat ik mij niet door anderen mocht laten weerhouden om een waarachtig mens te leren kennen. Maar de angst om met dichtgeslagen ogen en gescheurde lippen in de doucheruimte gevonden te worden was groter dan mijn hart.

Ik maakte een zeer moeilijke periode door. Lusteloos en depressief liet ik mij drijven (te laf om te durven verdrinken) op de sleur van het dagelijks gevangenisbestaan. Ik gaf mij er aan over en stond toe dat de machine voor mij dacht. Te moeten toegeven dat ik mijn hele leven lang op een afgrijselijk slordige manier met iedere vorm van kennis was omgesprongen, het zou ondraaglijk zijn. Steeds had ik genomen wat me bruikbaar leek, zonder me te bekommeren om de waarde of het verlies. Wat zou een ander van mij te verwachten hebben? Kodak had het juist gezien toen hij zei dat ik me met mijn eigen zaken moest bemoeien. Ik verloor bij vlagen iedere greep op de werkelijkheid...

Ik hoorde 's nachts mijn naam roepen en meende stellig dat er boven mijn hoofd heen en weer werd gelopen, maar als ik me bij een bewaarder over dit lawaai beklaagde kreeg ik te verstaan dat het onmogelijk was omdat mijn cel zich op de bovenste verdieping bevond. Ten einde raad vroeg ik de dokter te spreken en ik vertelde hem van de schimmen die ik door de wanden van mijn cel zag komen en van de ijle stemmen die mijn naam riepen. Ik sprak over God, dat Hij bestond en zich hier in de gevangenis onder ons bevond. Kodak liet ik er verder buiten. De dokter schreef alles op en zei dat ik er meer van zou horen. Ik moest vooral doorgaan met de handvaardigheidstherapie, mijn zinnen verzetten.

Wanneer ik Kodak op de luchtplaats zag wendde ik mijn gezicht af en op de hobbyclub beet ik me vast in mijn collages. Door me op het knippen en plakken te concentreren hoopte ik weer wat tot rust te komen. Maar net toen ik dacht de chaos enigszins geordend te hebben was er sprake van een zeer bijzondere aanvulling op het creativiteitspakket: voor de duur van twaalf weken zouden wij van studentes(!) onderricht krijgen in boetseren, bloemschikken en portrettekenen! Het stond op het centraal mededelingenbord geschreven en moest dus waar zijn.

Een bewaarder die over mijn schouder meelas zei: 'Hoe is het mogelijk, die studentes. Dat ze geheel belangeloos hier willen komen om hun tijd aan jullie te besteden!'

Ik liep door en twijfelde er niet aan dat de vrouwen die achter dit idee zaten voor heel wat opwinding zouden zorgen. En het duurde niet lang of de kreet *De vrouwen komen*! golfde als een koortsaanval over de ringen. In de televisiezaal, op de luchtplaats, in de toiletten: overal waren de vrouwen het gesprek van de dag. Maar achter alle geile praat en opsnijderij ging een vage onrust schuil die ik ook bij mezelf bespeurde. Het zou weer eens iets anders zijn om een stel vrouwen over de vloer te hebben, dat wel, maar wat moesten wij ermee? Vrouwen die in onze fantasie al ontelbare malen door ons waren ontkleed en betast, gezoend en ongetwijfeld door enkelen verkracht... hun nabijheid kon niet anders dan onwerkelijk zijn.

Wat wisten wij van vrouwen? Aanbeden geliefdes, echtgenotes, verloofdes, vriendinnen, zusters en moeders – Heiligen of hoeren? En hoe lang geleden was het dat de mannen een vrouw hadden gezien? Voor sommigen lag dat moment niet ver, en toch al onbereikbaar, maar voor de meesten... Wie wist nog te reageren op de plotselinge komst van deze wezens, voor velen net zo reëel als de pin-ups aan onze muren; een beeld, een illusie, een foto waarbij je je aftrok. Foto's van je vrouw, geknield in de tuin met de hond naast haar op het gazon, of een smoezelig, miljoenen keren bevingerd pasfotootje – een tot staan gebrachte vanzelfsprekendheid die nu met de dag verder van je afweek. Een knagend gemis en een uit machteloosheid geboren argwaan voor haar doen en laten thuis, ver weg, waar jij niet bij kwam...

Ik kende er een paar die uit wanhoop de foto's van hun vrouwen hadden verscheurd. Wie kon er nog *praten* met vrouwen? Tijdens het bezoekuur? De dertig minuten waren om eer je aan elkaar gewend was. Mijn vriendin huilde op de dag dat de recherche mij uit haar bed haalde. Twee keer is ze op bezoek geweest, daarna heb ik haar geschreven niet meer te komen. Ik had gehoopt dat ik, door de verhouding zelf te verbreken, mijn jaloezie een stap voor kon blijven als ik haar losliet... Om mij heen zag ik mannen langzaam te gronde gaan aan hun virulente jaloezie.

De vrouwen komen! Opeens bleken gevangenen die nooit eerder belangstelling voor het creatieve hadden getoond er op gebrand mee te doen aan de club. In vroeger tijden was het voor de recreatiemeester altijd een klus om genoeg liefhebbers op te trommelen, nu ontstonden er wachtlijsten. Ik vroeg mij af of het werkelijk een goed idee was. Konden zij ons dit wel aandoen? Zou het niet door een aantal mannen, zij die al zo lang zaten en zo geil en onbevredigd waren dat ze 's nachts hun lul door een gat in de matras duwden, als een provocatie opgevat worden? Ik troostte me met de gedachte dat er geen enkele door de directie gesteunde activiteit in het gebouw kon plaatsvinden eer er lang en breed over vergaderd was en het voorstel door tien verschillende commissies was bestudeerd.

En ze kwamen, op een zaterdagmiddag. Voortaan zou de club niet meer 's avonds maar zaterdagmiddag open zijn. De dag daarvoor had de dokter me bij zich geroepen om te informeren hoe het er mee stond. Ik vertelde hem er nu van overtuigd te zijn dat God een vrouw was. Hij zei dat er aan mijn zaak gewerkt werd en dat het mij misschien zou helpen als ik eens met de geestelijk verzorger ging praten. Ik was er niet zeker van dat het enige zin had zo'n herder met mijn waanzin lastig te vallen. Aan de andere kant konden ze mij nauwelijks gekker gaan vinden dan ze toch al dachten dat ik was. Rustig op krachten komen was er niet bij in de bajes. Daar waren ze! Zes in getal en nog jong! Niet van die liefdadigheidstaarten van de een of andere heilbrengende instelling, bij lange na niet!

'Lekker jong spul,' merkte een oude brandkastenkraker, naast me bij de ingang van de hobbyruimte, goedkeurend op.

'Die met die bril is een lelijkerd, maar kijk die 's lekkere poten hebben!' Hij kreunde en het natgesabbelde stompje sigaret in zijn mond wees naar een blonde meid met een lieve glimlach op haar zorgeloze gezicht. Ze stapte op stevige schoenen voort alsof ze al jaren in de lik kwam en gewend was aan de gulzige blikken, de fluitjes en de opmerkingen die van de ringen op haar neer zeilden. Het zag er naar uit dat zij er van hield de handen uit de mouwen te steken en ook dat zij in elke zondaar nog wel een mooie karaktertrek zou weten te ontdekken.

De recreatiemeester, zelf ook ietwat uit zijn doen en geluidloos lachend, loodste de jongedames binnen. Hij sloot de deur en keek om zich heen of iedereen zat. De studentes hadden plaats genomen op de voor dit doel uit de personeelskantine geleende stoelen en keken spontaan en niet eens zo heel erg bevreesd naar ons, misdadigers, van wie sommigen hun best deden er gemener uit te zien dan ze in werkelijkheid konden waarmaken.

In zijn welkomstwoord putte de recreatiemeester zich uit in dankbaarheid; hij memoreerde 'de noodzaak om de gevangenen in staat te stellen door middel van de creativiteitstherapie hun zorgen te vergeten', en hij strooide met woorden als 'resocialisatie' en 'hooglijk gewaardeerd vrijwilligerswerk'. Ten besluit van zijn veel te lange speech zei hij plechtig: 'Dames, het is aan u!'

De blonde met de lieve glimlach leek in dubio te verkeren of ze een woordje zou zeggen, deed het niet en glimlachte nog maar een keer extra lief. Een moment bleef het stil, iedereen zat bewegingloos af te wachten. Gelukkig nam een van de andere meisjes nu het woord. Ze vertelde in het kort wat zij van plan waren te gaan doen en dat zij graag hadden dat wij bij deze eerste gelegenheid doorgingen met de dingen waaraan wij bezig waren. Zij zouden dan ons werk bekijken om te zien 'waar onze interesses lagen', de volgende keer konden ze dan allerlei materialen meenemen en nieuwe activiteiten bedenken. Met deze woorden was het ijs gebroken. Monter gingen we aan de slag, de meesten van ons, dat weet ik zeker, van verheven gedachten vervuld.

Er werd geklopt, gezaagd, met verf gekliederd en met klei gekledderd dat het een aard had. Ik componeerde een meesterlijke collage waarvoor ik nog geen titel wist, maar die ongetwijfeld weer van hartverscheurende eenvoud en zware weemoedigheid zou getuigen. Ik deed mijn best om er als een kunstenaar uit te zien; regelmatig hield ik het papier op enige afstand voor mijn gezicht en tuurde dan door de spleetjes van mijn ogen, hierbij binnensmonds mompelend, vurig hopend dat de dames, en dan speciaal die blonde lieverd, zouden denken: 'Hé, die jongen moeten we in de gaten houden, dat is een rasartiest!'

Kodak bestond niet meer voor mij, de kunst ging nu voor alles. Opeens voelde ik iemand achter mijn rug. Het was niet de blonde maar een meisje met een frisse toet, bezaaid met sproeten en een opvallend koket wipneusje.

'Hai,' sprak ze, op een vrolijke toon alsof ze me ging uitnodigen voor een 'knalfuif', 'ik ben Carolientje, ik kom eens kijken waar jij mee bezig bent.'

Ik stak haar mijn hand toe en wist enige woorden uit mijn keel te persen. Ze bekeek de collage en ik observeerde haar reactie. Haar wenkbrauwen trokken omhoog en ze bracht haar ogen tot dicht bij het kunstwerk. Misschien was zij bijziend. 'Jaa,' zei ze aarzelend, 'veel contrast, eh, wel wat sombertjes toch ook...'

We raakten aan de praat. Ik verbaasde mijzelf dat ik redelijk ongedwongen met haar kon spreken en mij niet bijzonder gejaagd voelde. Voor oncontroleerbare seksuele spanningen hoefde ik niet bang te zijn, daarvoor was zij toch te veel van de roeivereniging of de meisjes-hbs. Dat nam niet weg dat ze een neusje had om van te dromen, wat een dotje! Zo'n klein wippertje, altijd naar de hemel wijzend, met bovenop een eigenwijs gleufje. Ze rook ook lekker naar koetjeszeep. Ze bleef enige tijd bij mijn tafel staan en ik was gelukkiger dan ik me in maanden had gevoeld.

Al mijn bange vermoedens bleken ongegrond. Hoe geil wij ook waren, deze jongedames werden voorkomend en met respect behandeld. We keken onze ogen uit, uiteraard, en zo stiekemweg onder tafel zal menigeen zich die middag in zijn schoffel hebben geknepen, maar we bleven beleefd en het was een feit dat alle gevangenen het ten zeerste waardeerden deze studentes om zich heen te hebben. De blonde lieverd vertoefde verdomd vaak bij 'De Dom van Utrecht'. Zo af en toe lachte zij met Kodak ergens om. Ik wilde het niet zien, maar ik moest wel kijken; omwille van hem en niet minder om haar. Het bouwwerk van Kodak maakte van al onze werkstukken de meeste indruk op de meisjes. Ze gaven hem complimentjes, vooral de blonde. Kodak zat gewoon te glimmen...

Later, in mijn cel, sloeg ik met mijn vuisten in het kussen en vervloekte die kerel in wie ik eerst een broeder had gezien. Ik begon al meer te voelen voor de opvatting die in de gevangenis vaak te horen viel, namelijk dat God dood was. Waarom kreeg Kodak de meeste aandacht van de blonde? Het leek er verdacht veel op dat haar afscheidsgroet (die de oude rotten onder ons deed denken aan een onvergetelijk gebaar van Vera Lynn die de troepen entertainde) bij het verlaten van het cellenblok, eigenlijk alleen voor hem bedoeld was. Ze zwaaide en Kodak zwaaide terug, hij had verdomme zijn mond open van plezier. En volgens mij hield ze zich nog in om geen oproer te veroorzaken, maar er had een kushandje ingezeten!

Van narigheid begon ik die nacht over de blonde te fantaseren... Hoe ze onder de douche stond en hoe ze, omdat toch niemand het zag, boven het afvoerputje hurkte en een piesje deed... Het water droop langs haar soepele lichaam en zij sponsde zich in met badschuim, telkens iets langer met de spons haar geheime plek zepend... Ik zag hoe ze uit de douchecel stapte en ik wachtte haar op met een grote baddoek van ruige stof en ik droogde haar af, beet zachtjes in haar nek en pakte haar plotseling bij haar heupen, duwde haar tegen de muur en... Ik schoof een eindje van de natte plek in het laken weg en stak een peuk op. Ik had er een rivaal bijgekregen. Vermoedelijk zou Kodak haar tijdens die eerste les al meer vertrouwelijkheden hebben verteld dan ze ooit van mij zou willen horen... Ik dacht aan de huismeester, het was de eerste keer dat hij zich niet op de hobbyclub had laten zien. Ik viel in slaap met mijn hand half in de asbak.

Twaalf weken achtereen bleven de jongedames komen. Zij leerden ons met veel geduld de edele kunst van het bloemschikken en een heleboel foefjes, de creativiteit aangaande. En al die weken hing de blonde met de allerliefste glimlach van de wereld het meest bij Kodak en zijn kolere bouwwerk rond. De lust om met hem een diepgaand gesprek over Leven & Dood, Schuld & Boete en de Zin van ons Bestaan aan te gaan werd mij geheel ontnomen. Ik kon het niet verkroppen. Daar zat ik, een slachtoffer van een moeilijke jeugd en kommervolle omstandigheden en zij, deze aanbiddelijke hinde, verkoos hém, feitelijk toch niets meer of minder dan een viespeuk die het met kinderen deed. Een ontuchter, en zij verkoos juist hém om te omringen met een blije lach, kuiltjes in blozende wangen, de geur van een roekeloos parfum, het ruisen van haar rok, haar schone adem in zijn nek als ze zich over hem heen boog om héél voorzichtig aan de toren te voelen... Dat alles kreeg híj. Ik raakte in een crisis. Mijn zaak was terugverwezen of weer doorverwezen, ik had nergens meer kijk op. Uit woede heb ik mijn meest geslaagde collage in snippers gescheurd en geroepen *Ik haat je!*

Toch ging ik naar alle lessen en om er niet helemaal naast te kleunen zocht ik toenadering tot het wipneusje – zij hield vriendelijk de boot af. Ik deed haar van alles over mijn ziekte uit de doeken en beschreef haar mijn misdaad. Ze zal wel blij geweest zijn dat ik niet haar verloofde was. Wat ik ook probeerde, het was allemaal tevergeefs.

Over de huismeester kan ik nog zeggen dat hij, nadat hij zijn ergste verlegenheid had overwonnen, vanaf de tweede les weer gewoontegetrouw kwam controleren bij de hobbyclub. Alleen had hij zijn spottende houding nu laten varen en liep hij trots te paraderen tussen de werkstukken, zijn minderwaardigheidscomplex vergetend en knipoogjes gevend aan de meisjes, met een lach op zijn smoel alsof *hij* al dat fraais georganiseerd had.

Het is mijn geluk geweest dat ik korte tijd na de laatste les werd overgeplaatst naar een psychiatrisch observatiecentrum. Van Kodak heb ik nooit meer iets vernomen en er liepen in dat centrum zoveel mensen rond die dachten dat ze God waren dat het ondoenlijk was je er druk over te maken.

Ik schiep ook mooie tekeningen en andere dingen in het

instituut. Ze hadden daar een hobbyclub met de modernste gereedschappen en de beste materialen, en op de therapeuten die er leiding gaven zou zelfs een blind paard nog niet verliefd kunnen worden. De artsen waren op zeker moment zeer tevreden over mij, ze zeiden dat ik goede vorderingen maakte en op een dag mocht ik de wereld weer in. Bij de directeur-geneesheer op zijn kamer hangt misschien nog een mijner kunstwerken. Het is een driemaster, gemaakt van gekleurd draad, geduldig op een plankje gespannen.

Het ongenoegen van Carlos P.

Een herinnering aan wat geweest is en nooit voorbijgaat:

Een 'halve woning' op de derde verdieping, ergens in de Pijp. Het is 1969. Max, mijn leermeester die mij een paar maanden tevoren mijn eerste shot opium heeft gegeven, nam mij mee naar Amsterdam, naar deze etage. De mensen die er wonen zijn kennissen van hem; een man en een vrouw, allebei junkies. De man is een kunstenaar, als hij niet in actie hoeft te komen voor zijn dope zit hij te tekenen. Zonder dat hij het mij vertelt weet ik dat hij elke dag het liefst zijn tijd tekenend doorbrengt; een kussen op de rood geschilderde vloer, zijn benen gevouwen, pakje shag bij de hand, een glas thee met veel suiker, en een notitieboekje met harde, zwart-rood gemarmerde kaft om er met inkt zijn priegelige, Chinees aandoende taferelen in vast te leggen.

Ik wil niemand tot last zijn, ik kom pas kijken, mag al blij zijn dat ik werd binnengelaten, dus als ik de tekeningen wat nauwkeuriger wil bekijken ruk ik hem niet het boekje uit handen. Eerst de rituelen afwachten; de begroetingen tussen Max en zijn kennissen, de codes die in acht genomen moeten worden en die ik zo langzamerhand ook tot de mijne heb gemaakt.

'Wie is dat,' vraagt de vrouw, met een ruk van haar hoofd op mij wijzend. Ze is nog steeds mooi, maar vroeger moet ze adembenemend zijn geweest; lang donker haar, smal gezicht met hoge jukbeenderen, bruine ogen in een zweem van water, alsof ze tegelijkertijd de buitenwereld én de binnenkant van haar hoofd aan zich voorbij laat gaan.

Ik glimlach naar haar en zeg een paar woorden, niet te veel ineens, niet meteen de ruimte willen vullen met je aanwezigheid. Er is opium, er is altijd wel op de een of andere manier aan opium te komen, en vooral als ik bij Max blijf zal het allemaal geregeld worden.

We drinken thee en op een goed getimed moment vraag ik de man of ik zijn tekeningen mag bekijken. Hij kijkt me verstrooid aan, en schuift dan het boekje over de vloer naar me toe. Ik durf er niet in te bladeren, de inkt kan nog nat zijn, het ruikt naar oud papier en wat ik zie ademt een geheimzinnige sfeer. Duistere opiumvisioenen, draakachtige figuren verstrikt in een web van lijnen. De minuscuulste details lijken iedere keer als je er nog eens naar kijkt veranderingen te ondergaan, ontdekkingen prijs te geven. Ik schuif het boekje terug, alles is even indrukwekkend, doortrokken van een vreemde opwinding dat *ik* dit meemaak. De anderen praten, ik zeg weinig, ik luister.

De kamers zijn 'oosters' ingericht; alles laag bij de grond, geen stoelen, rieten matjes aan de wanden gespijkerd, een lampion aan het plafond, er hangen posters met afbeeldingen van Indiase en Chinese goden, op de vloer naast het bed staat een vaas met irissen... De vrouw praat over een reis die zij en haar man van plan zijn te ondernemen. Eerst naar Turkije, dan India, Pakistan, Nepal, Afghanistan... Max weet er van mee te praten, hij heeft al die landen, al die stofwegen op z'n blote voeten onder de brandende zon verkend... Voor mij is Amsterdam, deze woning in de Pijp, dit zo zitten knikkebollen daar; voor mij is dat de wereld. Dan wordt er aangebeld.

'Daar heb je Carlos,' zegt de man, als hij de lappen voor het raam een stukje opzij heeft geschoven. Hij gaat naar de gang om de voordeur open te trekken. De vrouw zegt tegen Max dat Carlos vandaag uit de gevangenis is vrijgelaten, Max kijkt blij en staat op en ook de vrouw komt overeind, en als haar man met de bezoeker weer de kamer binnenstapt klinkt er een ingetogen gejuich. Ze omhelzen de bevrijde gevangene, slaan hem op de schouders en wensen hem welkom thuis. Als hij Max ziet roept hij vrolijk 'Maxie' en Max grijnst en stoot een heilige Indiase kreet uit en ze lachen! God, die Carlos lacht voluit, hij moet al die dingen inhalen, zich weer op de hoogte stellen, mensen zien en met ze praten! Mij geeft hij een stevige hand, zonder voorbehoud. Een jongen van een jaar of twintig, sluik haar tot op zijn schouders, mager gezicht, een snor die over zijn lip hangt, beetje bleek, natuurlijk lang geen zon gezien, en hij praat en beweegt zich als een jongen die je nog maar weinig hoeft te vertellen.

Het eerste en belangrijkste wat hij wil is de stuff waar hij drie maanden lang van gedroomd heeft. De vrouw is al bezig met een lepel, hij kan nauwelijks het geduld opbrengen te wachten tot het klaar is. Hij rolt zijn mouw op en wij zitten hem allemaal verwachtingsvol aan te kijken, hoe hij er van zal genieten als de warme opium, *die goeie ouwe opium*, binnen luttele seconden de kou van de afgelopen maanden zal doen vervagen... Carlos tast en keurt de binnenkant van zijn arm, zegt lachend dat het herstel van zijn beursgeprikte aderen het enige zinvolle van zijn tijd in de lik is geweest, het lukt 'm en hij legt de spuit naast zich neer, zijn hoofd tegen de muur steunend... Even lijkt het alsof wij, de toeschouwers, allemaal op hetzelfde moment de tanden op elkaar bijten, in een gespannen wachten op een van die dingen die er fout kunnen gaan, wat stilzwijgend een altijd mogelijke factor blijft –

hij kreunt. Onder de huid van zijn gezicht verspreidt de opium een kussentje, een dieprode zwelling die nu in elke uithoek van zijn lichaam moet zijn; hij zucht, wij grinniken en de kunstenaar begint met zijn begeesterde stem over de kwaliteit van deze en vele andere soorten opium te vertellen. Carlos krabt zich, hij glimlacht met zijn lippen lui en dik, ver uiteen. Hij doet de knoop van zijn groene fluwelen broek los en hangt heel tevreden, zijn ogen gesloten, haaks in het Nirwana.

De anderen zakken in hun eigen dingen en het blijft een poosje stil, iedereen zit wat voor zich uit te dromen, dan zit Carlos rechtop en zegt: 'Weet je waar ik nu trek in zou hebben? Een lekker sigaretje, een echte Camel.'

Ik was diep onder de indruk van de intensiteit waarmee Carlos het leven bij de lurven greep en het een reeks van gebeurtenissen afdwong. Niets kon saai zijn, hij zat er bovenop om er zijn eigen draai aan te geven. Die dag heb ik naar hem geluisterd; wat hij zo ongeveer van de gevangenis dacht, de dagen zonder junk, hoe het eten smaakte, wie hij aan bekenden gezien had enzovoort.

Hij scheen niet meer spullen te hebben dan een grote kartonnen doos, dichtgebonden met een van de bajes meegekregen touw. Plannen had hij niet, en een huis evenmin, maar hij was een en al enthousiasme voor wat dan ook, als het maar swingde. Hij zei dat hij zo gauw mogelijk een pick-up moest zien te versieren, en platen, kende ik de Everly Brothers? Hij hield van Elvis en was een absolute Everly-addict. Een rocker die Carlos, want hij zag er wel uit als een hippie, met zijn fluwelen broek, laarzen en India-franje, maar vroeger droeg hij een kuif en van die stijle puntschoenen. Bewust de provotijd meegemaakt, reizen ondernomen en veel dope gebruikt.

Mijn herinneringen aan Carlos liggen versnipperd over

de jaren 1969 tot en met 1978. Ik zie hem nog op het wc'tje staan schreeuwen, de onvervalste & steenharde CONSTIPATION BLUES – de bij ingewijden bekende krampen die je buik voor altijd tot een zwakke plek maken. Ach, ik heb hem zijn specialiteit zien beoefenen, meer dan eens. Niet dat gekluns in winkels, maar ijskoud een kantoor binnen gaan en ongezien weer naar buiten komen met een geldkist. We zagen elkaar niet erg vaak, en na de komst van de heroïne steeds minder. Hij zat in de gevangenis en ik zwierf in een andere stad, of hij kwam uit de bajes en ik ging er net in. Telkens was het goed om hem weer te zien en te spreken, hij was een van de aardigste mensen die ik in die jaren heb leren kennen. Egoïstisch en doortrapt als het moest, zoals wij allemaal, maar geen 'mindfucker', geen agressieve behang-van-de-muur-rukker.

Ik zag hem na een lange tijd terug in een voor mij cruciale periode: 1976, het jaar van de opbouw, de terugval en mijn definitieve ommekeer. Carlos had ook zo het een en ander meegemaakt, en erg goed ging het niet met hem. Hij was, als de meeste oudgedienden, het elke dag stelen moe. De tijden waren de tijden niet meer, al die nieuwe gebruikers, die opgefokte toestanden, de krankzinnige prijzen; hij wilde er zo weinig mogelijk mee te maken hebben.

In de kelder van het 'ontmoetingscentrum voor ex-gebruikers' (van die soort was nauwelijks een definitie te geven; er kwamen mensen die nog methadon namen en daarnaast af en toe een shotje gebruikten) zal ik hem ongetwijfeld hebben verteld hoe het er wat mij betrof voorstond. Hij vond het geweldig, hij was het ook van plan en tot zolang maakte hij zich nuttig als klusjesman voor het centrum. Stoppen met junk moet hem bij tijd en wijle als een reële mogelijkheid voor ogen hebben gespeeld. Waarom het niet gelukt is, op welke dag precies hij voor zichzelf wel wist dat het nu niet meer zou lukken... ik heb geen idee.

Het 'werkproject' van streetcornerwork, timmerklussen en dergelijke, die voor mij van veel nut waren, leek hem precies wat hij nodig had. Het is er niet van gekomen voor hem omdat er niet onmiddellijk plaats was in het project. Hij sukkelde bovendien met zijn gezondheid, als een man die plotseling in een paar weken tijd erg oud wordt. Op papier heeft hij nog meegewerkt aan een idee om met een aantal (ex)gebruikers en straathoekwerkers in de weekeinden bij elkaar te komen, en onze gedachten omtrent junk en de hulpverlening op schrift te stellen. Wij noemden ons de 'Hattem-groep', dit omdat een inwoner van dat plaatsje zo vriendelijk was zijn huis een aantal malen aan ons af te staan.

In het boekje ('6 vooruit naar Hattem of terug naar de gevangenis') dat het resultaat was van deze gespreksronden (bij mijn weten de eerste keer dat gebruikers zélf in een door de hulpverlening gefinancierd drukwerkje aan het woord kwamen) vind ik de stem van Carlos niet tussen de geciteerde uitspraken. Hij was ook niet aanwezig tijdens de gesprekken, wel is hem voor dit boekje een vraaggesprek afgenomen door een hulpverlener die vervolgens niets met de tekst heeft gedaan.

Ik probeer in mijn geheugen naar voren te halen of hij het boekje nog in handen heeft gehad – wanneer ben je gestorven, Carlos? Op een dag, ik meen stellig in 1978, in een ziekenhuisbed. Je leed aan een ongeneeslijke vorm van kanker, je begon er teringachtig uit te zien... Tot voor kort wist ik niet wat je mankeerde, ik hoorde het van een hulpverlener die ik toevallig tegenkwam. Ik herinner mij dat de mensen die waarschijnlijk in je laatste uren rond je bed hebben gestaan mij ook vroegen of ik mee wilde naar het ziekenhuis, om je nog een keer te zien, je gedag te zeggen. Ik durfde niet, ik bracht die moed niet op... Wat ik ook nooit heb geweten, Carlos, was dat de artsen je in het ziekenhuis heroïne tegen de pijn voorschreven; de injecties werden je echter niet, zoals jij gewend was, in je aderen toegediend maar in je spieren gespoten... Je kreeg je heroïne maar je mocht er niet van genieten, zelfs niet toen je nog maar kort te leven had... De hulpverlener (voorbeeld van een competente man met visie en idealen, door zijn eigen collega's en organisatie, maar voornamelijk door de boven hem gestelde coördinators gedwarsboomd, zodanig dat hem het werken onmogelijk werd gemaakt en hij nu niet langer in de hulpverlening werkzaam is) vertelde me nog een amusante anekdote: jij had kaartjes weten te bemachtigen voor een concert van de Everly Brothers ('Don en Phil') ergens in Limburg en na afloop van het concert wist je door te dringen tot de kleedkamer van je helden; je snoof coke met ze ('te gekke coke') vertelde ze dat je al hun platen bezat en tot vroeg in de ochtend ben je met ze wezen 'stappen' in België – het was dé ervaring van je leven.

De allerlaatste keer dat ik je sprak was toen ik, niet ver van het jouwe af, een huis van de gemeente aangeboden had gekregen en wij elkaar op straat ontmoetten. Je nodigde me uit eens spoedig bij je langs te komen. 'Kan je eindelijk mijn Everly-collectie beluisteren,' zei jij, en ik beloofde te komen, wat ik nooit deed. Volkomen in beslag genomen door de veranderingen die zich voordeden in mijn leven heb ik de kans voorbij laten gaan om met jou over *jouw* leven te praten, naar je te luisteren. Aan de toon waarop je me bij je thuis vroeg hoorde ik heus wel dat jij niet zo dikwijls visite kreeg. Ik was bezig te ontwennen, jij gebruikte nog... ik vermoed dat het mij nerveus maakte om, zelfs al waren het vrienden, bij gebruikers over de vloer te komen.

Het idiote is dat ik me, als ik er lang genoeg over na-denk, aan het twijfelen kan brengen of ik nu inderdaad niet naar het ziekenhuis ben gegaan. Heb ik je niet de hand gedrukt, met dat lamme gevoel in mijn keel, aan je bed gestaan en gezien hoe verschrikkelijk mager je was en hoe ziek?

Over Carlos, betreffende een vriendschap, wat er aan her-inneringen blijft. Foto's en andere 'aandenken' die men soms aan overleden vrienden overhoudt, tastbare bewij-zen van een bestaan, – wij, Carlos, komen uit een tijd waarin je elkaar geen documenten en andere bescheiden nalaat. Wat ik aan jou bewaar zijn deze regels, een stuk of wat vellen papier door mij beschreven. Om dat wat ge-weest is nooit ongezien te laten voorbijgaan: daartoe zet ik mij steeds weer aan het werk, schrijvend over dingen die geweest zijn, over mensen die ik mij wil blijven herin-neren. Alleen zó lijkt mijn memoria aan jou bestand (tot ook het papier verloren gaat) tegen de kaalslag in mijn geheugen. Weliswaar heb ik in mijn bezit een kopie van het ongedateerde, jou vermoedelijk eind 1977 begin 1978 afgenomen vraaggesprek, maar dat interview is in zijn vormeloosheid waarschijnlijk alleen voor mijzelf interes-sant. Ik hecht eraan omdat het in elk geval het enige 'tast-bare' is wat ik dan toch van je bezit. De inhoud van het vraaggesprek, de zaken die je te berde brengt, de ventile-ring van je ongenoegen over het niet-functioneren van de hulpverlening aan harddruggebruikers; deze kort voor je dood uit je mond opgetekende meningen zijn bepaald niet exclusief voor mij bedoeld. Ofschoon het in 1984 nu al-weer zes jaar geleden is dat ze werden vastgelegd gelden ze nog altijd als actueel, de woorden van jou zouden van-daag de dag nog steeds te beluisteren kunnen zijn. Je on-genoegen, Carlos. Ik zou in staat moeten zijn je stem te laten horen, al weet ik nog slechts bij benadering hoe die ooit heeft geklonken.

Indien je vandaag nog zou leven, Carlos, ik garandeer je: je ongenoegen zou nog even groot, zo niet groter zijn. Want weet je, terugziend op ruim vijftien jaar hulpverlening in Nederland, kom je tot de conclusie dat er maar bitter weinig veranderd is sinds Antonin Artaud, Anna Kavan, Roger van de Velde, jij, ik en onze vrienden – in dit land en in andere landen – in onze tijd en in hun tijd, vanwege de Aap op onze rug te maken kregen met de instanties. Hun regeltjes en verboden, de vastgekoekte denkpatronen. Ook om die reden schrijf ik dit stuk, waarmee, misschien, jouw woorden dan toch niet uitsluitend tegen dovemansoren werden gezegd. Een gedenkschrift klein formaat. Je bent 'ginder', maar een 'Dood door Druggebruik'? Op jou was deze vage kranteterm niet van toepassing, en het is zeer de vraag of je narcoticagebruik in enige relatie stond tot de kanker waardoor jij het leven liet. En als de junk er dan toch toe bijgedragen heeft dan weten *wij* dat het niet zozeer de middelen zijn geweest, als wel de omstandigheden waarin dit narcoticagebruik moest plaatsvinden: in de illegaliteit. In de hoeken waar de klappen vallen. Daar waar je wordt doodgezwegen, onverstaanbaar gemaakt, waar je nutteloos bent in een tekst die door iedereen onopgemerkt blijft.

We draaien de tijd terug, we doen aan geschiedvervalsing. Jij, beste Carlos, nodigt mij uit en ik zeg ja, en kom op visite bij je thuis. Je toont je verheugd, je maakt muntthee, je woning is niet bijzonder 'gezellig', maar ook niet kil, de huisraad beperkt tot een minimum. Wij hebben er allebei geen idee van, toch zal er gedurende ons gesprek een interview ontstaan, zonder dat wij er ons aan hoeven storen. Je zegt: 'Ik gebruik vanaf mijn zeventiende, nu al elf jaar. In al die jaren natuurlijk een aantal malen in de lik gezeten, dat weet je wel. In eerste instantie alleen voor overtreding van de opiumwet, later ook wegens oplichting en zo.'

'Het was toch in 1969 dat wij elkaar voor het eerst zagen, Carlos?' Jij kan je die dag nog goed herinneren, je weet het nog precies... 'Ik kwam die dag net vrij, eerste keer dat ik afkickte, noodgedwongen. Geen reet verstand hadden ze van de hele materie, methadon kreeg je niet. Na drie maanden bajes was ik clean, het eerste wat ik die dag deed was een fix nemen.' We lachen allebei.

'Nee man, dat gedwongen afkicken stelt niks voor, er zit geen vrije wil achter. Ondertussen raakte ik omdat ik in de bak zat wel m'n kamer kwijt, in een van de kranten had een stukje over mij gestaan, naam en alles erbij. Toen ik vrij kwam zocht ik mijn vrienden op, allemaal junkies, ik gebruikte weer.' Je kijkt nadenkend en zegt dan: 'Maar ja, het was ook eigenlijk niet mijn bedoeling om af te kicken, ik hield van de stuff en duur was die opium niet.' (Ik zeg iets om dit te beamen, een van ons zucht, bijna nostalgisch.)

'In mijn opiumjaren ben ik eenmaal in de Jellinek opgenomen geweest, toen nog een kliniek zonder scheiding van alcoholisten en drugverslaafden. Ik hield het niet uit tussen die zuipschuiten. Al met al heeft de opiumtijd voor mij weinig problemen gekend, afgezien dan van een leverkwaal en de complexen die de zielknijpers me probeerden aan te smeren. Toch ging ik op den duur ook de negatieve kanten van het gebruik zien, het stilstaan in je ontwikkeling.' Ik zwijg, om je te laten praten en niet in de rede te vallen. Ik merk je behoefte om het allemaal nog één keer te zeggen.

'Na de opium kwam de horse, we hebben het allebei meegemaakt. In het begin was de horse nog wel te betalen, maar de prijzen gingen snel omhoog, ik zat steeds vaker zonder stuff, en in die tijd ging ik dan ook voor schut voor oplichterijen. Die problemen man, als ik geen stuff had was ik doodziek, moest voortdurend stelen, had angst voor de smerissen. In die zelfde periode ben ik nog eens terug geweest. In de Jellinek, vrijwillige opname Linnaeusparkweg. En ook al waren de alcoholisten inmiddels gescheiden van de junkies, evengoed maakte ik het daar niet. Omdat ik er geen enkele privacy had! Nooit eens de mogelijkheid om even alleen te zijn, dat heb je toch nodig, zeker aan het begin van een ontwenningskuur... Niet dat gekakel, die sociale terreur aan je kop. Je hebt geestelijk een heleboel in te halen, moet je je dan maar laten volproppen met dat zweefjargon, ideeën die de jouwe niet zijn en het nooit kunnen worden – hoe zul je dan toekomen aan het formuleren van je *eigen* gedachten?!'

Een stilte, het theeschenken. Jij wil een plaat op de pick-up leggen ('Don & Phil compleet, zie je het') en ik die jou dit vriendelijk belet door je monoloog weer op gang te brengen. Korte intermezzo's, ik luister weer.

'Ja, die kliniek hè, daar werd aan therapie, een soort gedragstherapie gedaan. Je kon punten voor goed gedrag verdienen, het was absoluut onmogelijk je aan het groepsgebeuren te onttrekken. Ik verwachtte van de staf dat ze zouden begrijpen dat ieder zijn eigen afkickmethode heeft, ze begrepen het niet. Ik moest wel bij ze aankloppen want waar kon ik nog heen. Vooral wilde ik rust, om de dingen die ná de lichamelijke crisis op je afkomen te verwerken. Maar altijd was er de groep. Vaak conflicten met de staf, ik. Je krijgt vanzelf het etiketje LASTIG opgeplakt. Ik vind óók dat elke leefgemeenschap regels nodig heeft, maar laten we niet uit het oog verliezen dat het om *mensen* gaat. Die instelling heb ik altijd zo gemist binnen de hulpverlening. Ik ben weggegaan uit de kliniek, in plaats van spanningen kwijt te raken werd ik opgescheept met regels. Toen besefte ik dat ik het verder zelf moest doen.' (Bij deze laatste opmerking knik ik instemmend, want dit inzicht is exact ook mijn waarheid gebleken.)

'Je moet het zelf doen, het lukte me niet. Ik meldde me aan voor methadon, al vind ik het niet oké om zowel de pillen als heroïne te gebruiken. Het gaat tenslotte om twee verschillende habits. Probeer maar eens wat anders te verzinnen. Naar de Emiliehoeve? Dat zie ik helemaal niet zitten, die mensen verwachten van je dat je zomaar even je junkieleven opzij zet, dat is onmogelijk. Wat je ervoor terugkrijgt is een hoop geschreeuw, broertjes en zusjes spelen, braaf zijn dan krijg je vrijdag een stukje chocola als beloning... Lust je nog peultjes, godverdomme.' (Roken wij op dit punt gekomen samen een joint Libanees? Het lijkt me meer dan waarschijnlijk. Het gekke is – nu wij het authentieke interview dat in zijn bestaande vorm te futloos, te gebrekkig is, naar jouw stem en mijn hand zetten – dat ik mij geen seconde 'bedreigd' voel door het gegeven dat jij nog dope gebruikt, terwijl ik juist bezig ben mij daaraan te ontworstelen.)

'Een bajesklant, ja, je wordt een bajesklant. Je leert een hoop bij in de lik. Je spreekt andere junkies, wisselt informatie uit. Met die dingen ben ik altijd ontzettend bezig geweest, mijn positie, begrijp je wel. Je speelt toch min of meer een rol, vaak tot het bittere einde. Soms kún je niet meer, dan wist ik weer: de beste manier is om het zelf te doen. Afkicken, ergens heen gaan. Kort geleden nog, en daarvoor eenmaal vijf jaar geleden, ben ik naar Frankrijk geweest. Methadon meegenomen, eerst nam ik tien pillen per dag, daarna steeds minder. Alles volgens eigen schema. Ik zat bij een hulpverlener, een goede vriend van me, leuk huisje heeft hij daar. Je kent Sep toch?' – Uiteraard, ik ken Sep nog van de tijd voordat hij bij het HUK kwam te werken, een van die werkelijk aardige hulpverleners, vrienden meer die over contacten beschikken in Welzijnsland. Ook hij een voorbeeld van de competente hulpverlener, op een zijspoor gerangeerd door de bureaucraten onder zijn collega's – 'Tuurlijk ken ik 'm.'

'Opvallend was dat ik van de Jellinek maandenlang methadon heb gehad zonder dat het ergens toe heeft geleid. In Frankrijk heb ik niet langer dan enkele dagen pillen gebruikt. Erg ziek ben ik wel geweest, maar het gaf me een enorme kick dat ik het zelf deed. Een voldoening. Tijdens de moeilijke momenten ving Sep me op, een hele goeie vogel. Niet zo'n dweil die vóór je achter z'n bureautje zit en zijn lesje leest, je hebt behoefte aan mensen die náást je staan. Vrienden. Toen het net lekker liep moest ik in verband met de sociale dienst terug naar Nederland. Eenmaal terug wilde ik gaan werken. Van jou, René, had ik gehoord over het werkproject van Streetcornerwork. Drie weken duurde het eer ik iets kon doen. De eerste week heb ik thuis gezeten, maar dat hield ik na één week niet meer uit. Ik ben weer gaan gebruiken...' (In soortgelijke kamers, Carlos, vloog ook ik tegen de muren – wat heeft dan gemaakt dat ik er uiteindelijk toch weerstand aan kon blijven bieden, waarin zit 'm dat beslissende vermogen of onvermogen?)

'Toch gaat het tegenwoordig beter dan vroeger, niet alles draait meer om het spuiten. Ik ben nu bezig me los te maken van de scene, dat gaat heel geleidelijk. Negentig procent van de gebruikers interesseren me niet meer, met die overige tien procent heb ik iets dat verder gaat dan dope alleen. Ik vind het moeilijk om me daarvan los te maken, het uit de weg gaan kan ik niet.'

We, of liever gezegd jij draait ze, draaien je lievelingsplaten. We hebben het over je buren, je kent ze nauwelijks, behalve een, die oude man met wie je wel eens een praatje maakt. Het zijn troosteloze buurten waarin wij wonen, Carlos. Maar we mogen ons niet beklagen over wat we toebedeeld krijgen. Een horloge draag ik niet en jouw wekker staat stil. Ergens tijdens ons gesprek barst je los in al je grieven tegen de hulpverlening zoals jij die sedert elf jaar kent. Je zegt dat het hoog tijd wordt dat de diverse hulpverleningsorganisaties hun onderlinge meningsverschillen en concurrentieslagen vergeten. Dat ze hun ervaringen moeten uitwisselen, dat niet elk overleg bij voorbaat tot mislukken gedoemd zou moeten zijn. Weg met de kliekjesgeest! Je vindt dat er een overkoepelende organisatie moet komen (ik merk op dat die er wel is maar weinig voorstelt) die al het gedoe van de diverse methodes moet samenvoegen.

'Carrièremakers gaan over onze ruggen! En natuurlijk is de Jellinek tegen heroïneverstrekking, die lui zouden anders hun baantje kwijt raken. Weet je nog dat die mafketels van de Emiliehoeve de straat opgingen om te demonstreren tegen heroïneverstrekking? Logisch, ze zagen hun bestaansbasis verdwijnen. Legale heroïne zou mij van zoveel problemen verlossen, dat vind ik, ik wéét het. Ik zou meer bezig kunnen zijn met het stoppen van mijn gebruik, als ik geen rottigheid meer hoef uit te halen voor mijn stuff, kan ik misschien nog gemotiveerd raken om er een punt achter te zetten. Kunnen ze niet zien dat ze met mensen te maken hebben? Al die instellingen, al die methodes – maar geen MENSEN. Je kunt een individu geen systeem opleggen, dat lukt je met kuddedieren, niet met eenlingen. Ze hebben het HUK gesloten, een heleboel junks staan nu op straat, zonder schuilplaats, niks te eten, geen slaapplaats. De concurrerende instellingen hebben er aan meegewerkt het HUK gesloten te krijgen. Neem nou die heroïneforums, zie jij de gebruikers daar zitting in nemen, in die wetenschappelijke benadering; je krijgt er toch jeuk van! Wat er moet gebeuren is dat gebruikers niet langer als onmondig beschouwd moeten worden. Ideeën van jou en anderen naast elkaar leggen. Jullie zouden (je kijkt mij aan, Carlos) ondersteund door een stel goeie hulpverleners, als een soort van ombudsman tussen de junkies en de instellingen kunnen gaan functioneren. Je ziet nu vaak dat mensen die net beginnen in de hulpverlening snel afknappen, omdat ze van bovenaf te horen krijgen wat ze moeten doen. Deze mensen zien dan geen resultaten, het werk lijkt zinloos, ze knappen af. Toch hebben deze mensen vaak nog idealen. Een dergelijke ombudsman zou kunnen maken dat de hulpverlening op zinvoller manier gaat draaien.'

Zoals nu je gezicht betrekt van ongenoegen. Eigenlijk zou je op dit moment een shot willen nemen – je wacht ermee uit kiesheid tegenover mij. Ik ben je daarom dankbaar, ik ken mijn eigen kracht bij lange na niet goed genoeg om al zo spoedig na mijn laatste shot toe te kijken hoe een ander het doet en vervolgens onaangedaan te blijven. Je bezwaren tegen de hulpverlening deel ik volkomen, ik vraag me op dit moment van schrijven wel af of ik *toen* al niet tenminste enige scepsis voelde, wat betreft de haalbaarheid van al die hervormingen... Je eindigt je verhaal met een pleidooi pro heroïneverstrekking.

'Ik zou in ieder geval een gewoon sociaal leven kunnen leiden en van een hoop sores af zijn, als ik heroïne op recept kreeg. Ik zou weer regelmatig kunnen werken, gebruikers hebben namelijk best hun interesses. Door de houding van de maatschappij ben je al op voorhand een ordinaire dief. Dat beperkt je zo in je mogelijkheden. Maar ook verstrekking is de oplossing niet, er moet daarnaast ook gewerkt worden aan een verbetering van de situatie. Uit ervaring weet ik dat methadonverstrekking het heroïnegebruik niet opheft.'

Bij het afscheid aan de deur spreken we af deze gezellige avond nog eens te herhalen. Wie weet wat er nog aan goede ideeën uit de bus kan komen. Ik loop naar mijn eigen huis en jij doet de deur achter je dicht.

In het authentieke interview noemt Carlos mijn naam, hij vond blijkbaar mijn meningen, die ik ten behoeve van het 'Hattem-boekje' had verwoord in een pamfletachtig schrijven én bovendien was ook mij een vraaggesprek afgenomen, de moeite waard. Liever zou ik helemaal en nooit meer over de hulpverlening schrijven; van de dingen die Carlos zegt word ik onnoemelijk moe, ik heb ze zelf al zo vaak gezegd, net als hij heb ik inderdaad ideeën gehad over hoe het anders zou kunnen. Ik heb me er druk over gemaakt, zette mijn onbehagen op papier, zat in gespreksgroepen en kneep mijn handen tot vuisten als ik nadacht over de ongehoorde wantoestanden binnen die kolerige hulpverlening. Een keer ben ik zelfs met een aantal strijdlustigen op visite geweest bij de toenmalige Amsterdamse wethouder van CRM, Polak. Er was een gesprek, een ontmoeting gearrangeerd ten stadhuize. De wethouder wilde, zo werd mij van tevoren meegedeeld, zich 'oriënteren', en ook eens praten met 'mensen van de straat', niet alleen de rapporten van de directeuren en de snelle babbelaars van de grote instellingen ontvangen. Wij zouden eindelijk de kans krijgen met een belangrijk man te praten! We schreven 1979, ik was drie jaar clean, ik wilde iets DOEN en ik gelóófde er nog in. 'Toch hebben deze mensen vaak nog idealen,' zegt Carlos ergens in het interview. Ik heb nóg wel een paar idealen, maar ten aanzien van de hulpverlening ben ik ze in de loop der tijd allemaal kwijtgeraakt.

Een van de eerste dingen die mij door een hulpje van de wethouder in diens kamer werd toegevoegd was de opmerking dat ik me niet zo 'druk' moest maken, niet meteen zo opstandig mocht zijn, wat wist ik immers van politiek? Op een van die mooie stoelen zat ik in de kamer van een invloedrijk man, ik heb nog geen vijf zinnen gezegd of die lummel komt me sussend toespreken. Ik heb met mijn vuist op tafel geslagen, en net als jij, Carlos, heb ik geroepen dat het om MENSEN ging! Ik mocht me vooral niet 'druk' maken. De wethouder stelde voor de volgende keer 'informeel te gaan chinezen' – met deze uitdrukking bedoelde hij niet de in zwang geraakte en aldus genoemde wijze van heroïne roken. Hij bedoelde eten, een 'ongedwongen' etentje. Ik heb bedankt voor de eer, ik kon wel andere mensen bedenken om mee uit eten te gaan.

Praten wilde ik, zinvol praten met geen ander doel dan er daden uit voort te laten komen. Geen vrijblijvende babbeltjes om de politiek heen. Ik wilde deze bestuurder uitspraken ontlokken, hem op zijn eerlijkheid testen, te meer daar hij beweerde de rapporten en subsidie-aanvragen niet meer automatisch voor lief te willen nemen. Maar het leek er op dat wij uitgenodigd werden zoals men, omwille van het predikaat 'modern & tolerant', nog wel eens een neger of een homo op een feestje nodigt – er bestond geen gelijkwaardigheid tussen de wethouder en ons. Jawel meneer, een kopje koffie op het stadhuis drinken, misschien moet je het hebben meegemaakt; ik zag in geen geval de revolutie van die kant komen.

Het 'Hattem-boekje' zou een 'eye-opener' moeten worden... Na een interview dat wij Emmy van Overeem voor het NRC toestonden, twee uitzendingen voor Radio Stad, nog een paar bijeenkomsten waarbij we veel lol hadden en er altijd wel iemand van ons verhinderd was of te laat kwam opdagen, opgeteld bij een teleurstellende verkoop van het boekje en het uitblijven van verdere respons (niet één hulpverlener reageerde); na al dit en meer zag ik er geen been meer in. Ik begon te begrijpen door wat een massa 'red tape' je moest heen vreten, eer je überhaupt enig zicht kon krijgen op hoe die hulpverlening nou in elkaar stak. En dan begreep je er nog niets van.

Na heel hard studeren en eindeloos puzzelen, kon je een lijst opgesteld krijgen met alle geregistreerde instellingen die zeiden hulp te verlenen aan verslaafden. Maar wat had je dan? Een overzicht van namen, kreten, beloften, een opsomming van methoden: allemaal woorden! In hulpverleningsland is bijna iedereen aan de dunne woordkak. De bureaucratie viert hoogtij in de instituten, als ze niet midden in een vergadering zitten dan zijn ze bezig te overleggen wanneer de volgende vergadering zal plaatsvinden. De instituten gunnen elkaar het licht in de ogen niet, ze belasteren elkaar en beweren zonder blikken of blozen dat zij de Waarheid en de Oplossing kennen. Net als in elke bedrijfstak, de politiek voorop, zitten er binnen de hulpverlening te veel mensen op de verkeerde plekken. De idealisten, de waarachtigen, verzuipen mee in de troebeligheid, ze passen zich aan of geven het op. Boekhouders en kruideniers, in samenspraak met dominees en omhoog gevallen managers die in cijfers denken – zij maken al jaren de dienst uit in hulpverleningsland. De hulpverlening is een kolos met aderverkalking. Ieder preekt voor eigen parochie: HIER ZUL JE GENEZEN WORDEN EN NERGENS ANDERS! Als je maar *gemotiveerd* bent, roepen de deskundigen. Iedereen is deskundig, we stikken al vijftien jaar in een wildgroei aan deskundigen... Een keur van mogelijkheden staat de junkie ter beschikking. Hij kan op een boot, een boerderij, in een deftig herenhuis. Hij kan het via het woord van Jezus Christus, via Bhagwan, via de Scientology Church, via allerlei vormen van hersenspoeling en depersonalisatie; op de harde manier, de zachte manier, geheel intern of ambulant, drie keer in de week; hij kan terecht op antroposofische grondslag, of in de methodieken uit de humanistische psychologie. Er wordt slechts één ding geëist: dat de junkie niet is wie hij is. En dan de rapporten, de een nog verbluffender eigen prestaties verwoordend dan de ander; stapels rapporten die bij de wethouder uit zijn kastje puilden. Zijn hulpje die deze slagzee van papier met hem doorneemt – voor het goede fatsoen, uit welwillendheid, of wie weet uit oprechte overwegingen, vroegen ze ons, als 'vertegenwoordigers van de straat' ons zegje te doen...

Had ik mijn bevindingen in die papiertroep moeten laten onderschuiven? Zag jij mij heus als een 'ombudsman', Carlos? Een vergaderaar, mapjes open en dicht slaan, veelvuldig kuchen, en maar praten, praten over 'structurering', 'deelfase', 'doelgroepen', 'overzichtsnota', 'detoxificatie procedures', 'probleemgevallen', 'holdingbestuur', 'onkostendeclaraties', 'encountergroepen', 'halfweghuizen', 'ochtend-glory', 'projecten zus en zo', 'resocialisatie', 'pull up list', 'intake', 'afkickers' en 'opknappers', – hou op, Carlos. Wou je me gek hebben!

Ik heb het erbij laten zitten. Ik doe nergens 'officieel' meer aan mee. Ik bezoek geen symposia, forums, vergaderingen. Ik heb niet meer het gevoel me in die wereld nuttig te kunnen maken, ik heb ook bewust geen baan gezocht binnen de hulpverlening. Met mijn ervaring moet het een koud kunstje zijn om ergens aan de bak te komen, ik hoef niet. Ik kán het niet, ik pas niet in het systeem. Het zou me verstikken en na een tijdje zou ik m'n verzet opgeven, ingepakt zou ik worden, murw gepraat door de grutters, ik zou hún taal leren spreken en ik zou een avondcursus sociale academie volgen... Opklimmen tot een eigen bureautje, op stille momenten naar buiten starend, mijmerend over de afkickboerderij die ik volgens een nieuwe formule wilde starten...

Ik zou op de televisie komen en dan niet als *mens* maar als *deskundige* worden voorgesteld, ingewikkelde betogen zou ik afsteken, betogen die er op neer kwamen dat alles mogelijk is *als je maar wilt*... Ik zou les geven aan de universiteit, gespecialiseerd in 'verslavingsziekten', ik zou buitenlandse congressen aflopen, men zou mij overal uitnodigen, ik kreeg tientallen nevenfuncties in commissies en raden van bestuur, en zelfs de minister-president zou mij bij zich ontbieden om tête-à-tête te informeren hoe het nu werkelijk zat met die drugs... En ondertussen zouden er nog steeds verslaafden worden opgepakt, in gevangenissen en andere instituten verdwijnen, de zwarte markt zou blijven floreren, junkies zouden in de goot creperen omdat geen mens ze als buurman wilde hebben, en ik... ik bleef maar praten, nota's opstellen, telefoontjes plegen, in de wandelgangen van het stadhuis lobbyen en in de weekends zou ik onbereikbaar zijn, dan moest men zijn wanhoop maar in het antwoordapparaat inspreken... Mocht ik op straat vrienden van vroeger met wie het nog 'slecht' ging tegenkomen, dan zou ik eerst doen of ik niets zag en als dat niet lukte zou ik een hol praatje opdissen, en meewarig m'n hoofd schudden om zoveel zwakte en gebrek aan ruggegraat... Zou *jij* mij met dat mombakkes op nog willen kennen? Hé, Carlos, ouwe rocker – It's a bird-dog!

In plaats van ombudsman ben ik de schrijver geworden die ik altijd al was.

Bunkers bouwen

Iedereen die hier wordt binnengebracht krijgt als het ware een oplazer waar hij de rest van zijn leven mee toe kan. De meesten zijn al halfdood zodra ze over de drempel komen. Gisteren werd er een klein, miezerig kereltje afgeleverd; ik stond op het vlak bij de ingang een sigaret te roken en wat te kletsen met een van de koksmaten, toen ze hem voor zich uit door de deur duwden. Hij huilde en fladderde met z'n magere armen als een halfgare, die niet besefte dat tientallen ogen zijn entree gadesloegen. Riekus de koksmaat maakte waarderende geluidjes en grinnikte dat vieze lachje van 'm. 'Met hem gaan we nog plezier beleven,' zei hij. Twee bewaarders sleurden het mannetje naar een cel en gaven hem een schop onder z'n bevende kont. 'Die zit,' lachte Riekus, 'ik ga es uitzoeken wat er met die eikel loos is.' Voor hij wegliep om z'n informatie bij de bewaarders los te peuteren bood hij me vier hardgekookte eieren te koop aan, ik moest het laten schieten omdat ik door m'n shagvoorraad heen ben. Ja, met dat onderdeurtje wisten Riekus en z'n kameraden wel raad, en ook al was het dan de eerste keer voor die vent dat hij achter de balk ging, toch voelde hij 'm blijkbaar al aankomen voor bij binnen was.

Het is hier een begraafplaats waar nog geleefd wordt met een intensiteit die ze boven de grond al lang kwijt zijn. Elke scheet zullen we drie keer besnuffelen voor we 'm voorgoed laten gaan, en iedere nieuwkomer krijgt de beugel aangemeten die hem past; wie er niet door kan en blijft steken begint vanzelf de dodenmars te fluiten. Dat mannetje was nog geen vijf minuten op de luchtplaats of hij zakte, met z'n ribbenkast in een rare deuk, op het wandelpad in elkaar. De directeur zal weinig haast maken met overplaatsing, hij heeft het te druk met z'n boekhouding, al die verdoemden moeten geregistreerd worden en bovendien heeft onze directeur de pest aan oproerkraaiers. Alles wat de rust verstoort haat hij, en van alles haat hij ons nog het meest, maar hij laat ons de vuile zaakjes onderling rechtzetten, daarna stuurt hij zijn honden om de rotzooi op te ruimen. Er spreekt een gemeen soort poëzie in het mechanisme waarmee de boel in deze onderwereld draaiende wordt gehouden, maar het is onmiskenbaar intens en poëtisch, zoiets als honderd magen die zich tegelijkertijd samentrekken en evenveel kelen die eenstemmig reutelen, zo klinkt het! En wij staan erbij, we roken onze sigaretten en regelen het een of andere handeltje – het is lang geleden dat wij over die drempel kwamen.

's morgens

Ik heb zojuist gelezen wat ik afgelopen nacht neerschreef, en ik moet zeggen dat het me verbaast! Niet de inhoud, dat is *gefundenes Fressen* waarvoor ik me alleen maar heb hoeven bukken om het op te kunnen rapen; ik bedoel de daad zelf, het schrijven! Wat een merkwaardige manier van zwijgen, want dat is het: zwijgen. Er zitten er hier zat die zich lam schrijven, hele epistels naar hun liefjes, of hun advocaat van wie ze altijd en steevast méér vuurwerk verwachten voor hun poen; hij is hun liefje dat scheppen vol geld kost, zoveel dat ze er niet van kunnen slapen. Ik heb geen advocaat, ik kan het niet betalen en liefjes heb ik ook niet. Aan wie zou ik dan schrijven? Als ik nu ongelukkig was, welzeker, dan greep ik de pen en liet het de hele wereld weten. Ik zou geen ander werk meer doen dan het volpennen van stapels papier, de bewaarders gingen zich beklagen over al die post die ze steeds weer van mij aan moesten pakken – en dan de censor! Denk eens aan die arme man op zijn bureaustoel, zie je niet dat hij grauw van vermoeidheid moeite doet om die prachtige lange zinnen te blijven onderzoeken... Daarom. Misschien is het een experiment, een nieuwe oefening die uit de sluimer is opgestaan om mij een pleziertje te doen, misschien ontstaat dat plezier vanzelf en dan zou het nóg verbazingwekkender zijn. Een brief die nooit verder dan deze cel zal komen, nou ja, dat is als een ijzeren handje dat uit een dichtgeworpen graf steekt. Hoe dan ook, het gaat om het zwijgen.

'Je bent gek, onbetrouwbaar als een adder,' dat schreef M. toen ze mij de vriendschap opzegde. Ik had me voorgenomen te *zwijgen*, ik kon haar niet duidelijk maken wat het betekende. Nu wat afgelopen nacht betreft: het was de eerste keer dat ik de slaap oversloeg en ik heb 'm niet gemist!

later

De thee is rondgedeeld, de boterhammen van gisteren zijn weggespoeld. Het zou zinloos zijn om te proberen wat dan ook in deze cel verborgen te houden, elke dag spitten ze 'm om en ze doen het grondig. Illegale handeltjes moet je op de ring, op de luchtplaats en op andere plekken zien te verstoppen, op je hoede voor de mollen die speciaal in touw zijn om bergplaatsen te plunderen. De bewaarders zullen niets vermoeden als ze een stapeltje beschreven vellen op mijn tafel zien liggen, ze zijn zo gespitst op wat ze *niet* zien dat het meest voor de hand liggende hen ontgaat. Waarschijnlijk zullen ze eens een paar zinnen lezen, een beetje tussen de papieren rommelen om ze vervolgens schouderophalend terug te leggen. Des te beter. Straks schuif ik alles naar de uiterste hoek van de tafel, klaar voor het dagelijkse ritueel dat de hele werkweek door hetzelfde is. De deur zal opengaan en een geuniformeerde roept: 'ARBEID!' Afhankelijk van wie er dienst heeft worden er eventueel een paar woorden gesproken – 'Goeie nacht gehad? Je had nog lang je licht aan' – en dan loop ik over de ringen naar beneden, klop aan bij de huismeesterskamer, wacht tot de chef 'binnen' brult, en meld me voor het in ontvangst nemen van het aardappelmesje. Ook dat is een poëtisch moment van de troebelste soort; vanaf de allereerste keer dat de huismeester mij bij zich liet roepen en mij vroeg of ik in het *pithok* wilde werken, is hij vanachter zijn bureau opgesprongen en op exact dezelfde afstand zegt hij elke ochtend: 'Heb je je kalender wel bijgehouden?!' Hij lacht me in m'n smoel uit, loopt naar een ijzeren wandkastje, gebruikt z'n sleutelbos en ontsluit duister over z'n schouder kijkend, dit magische kastje waarin scharen bewaard worden, en de mesjes! Een gevangene een mes geven doe je niet zomaar, daar zit een hele theorie achter. In de praktijk komt het er op neer dat die honderd man toch moeten eten, ze moeten ook beziggehouden worden en dat combineer je. Maar de gevangene is onbetrouwbaar, die geef je geen mes, zelfs geen aardappelschillertje. En tóch moeten de gevangenen op tijd hun pannen krijgen, we breken de tent af als het vreten uitblijft. Zodoende passen ze een selectie toe, pikken er een stel klanten uit van wie ze hopen dat ze geen gekke dingen zullen doen. De theorie is die van de 'resocialisatie', wat daar tenminste van over is gebleven in deze catacomben, veel kan het nooit zijn.

Ik houd mijn hand op en de chef legt het mes er in met het heft tegen mijn palm. Hij zegt niets, hij doorboort me (alsof ik een aardappel ben, en hij op zoek is naar een voze plek) en ik marcheer af naar het pithok.

weer later, na het middagmaal en de siësta

Lastig, die tijdaanduidingen. Nu ik er een begin mee heb gemaakt is het moeilijk stoppen, want hoewel de noodzaak om te schrijven ontbreekt, ken ik geen reden om het te laten. Het is onderhand al een dagboek geworden en als ik niet uitkijk zit ik voortaan elke vrije minuut mijn pen te strelen. Ik zal ballpoints moeten bemachtigen, en papier. Dateringen laat ik weg. Natuurlijk ken ik de dagen, ik weet dat het vandaag woensdag en dus douchedag is, of andersom. Maar zoals ik niet meer wil praten met de buitenwereld, zo ben ik ook opgehouden de dagen te tellen. Op zeker moment rukte ik de kalender van de wand en hield er een lucifer bij, de huismeester gaf me achtenveertig uur cellulair (wat een stilte!) en deed er later met het baantje nog een schepje bovenop.

Het pithok is gewoon een dubbele cel met een stuk karton op de deur die van het slot is gedraaid en openstaat. Op het karton de namen van de werkers, sinds kort prijkt daar de naam van de Arabier. Hij heet anders maar voor iedereen is hij 'Joesoef' of 'Ali Babba', een echte oproerkraaier, een onberekenbare vechtjas, en alle pitters waren het eens dat je om moeilijkheden vroeg als je zo'n vent bewapende. Behalve de Arabier bestaat de ploeg uit een beroepsinbreker, de Sultan en zijn vriendin en ikzelf. De Sultan loert op de Arabier, z'n dikbuikige vriendin stookt hem om de haverklap op met kreten over de bedorven lucht sinds híj daar – ze wijst met het aardappelmesje naar Joesoef – z'n gulzige reet op de kruk heeft gezet. Een afschuwelijke kerel, niemand snapt wat de Sultan in dat monster ziet, en hoe hij dat gesnater verdraagt. Vandaag zei die vette teef: 'Ze zeggen dat de buitenlanders eerdaags op een aparte vleugel moeten, dan kunnen ze elkaar afmaken zonder dat wij er last van hebben.' De Sultan keilde een aardappel in een van de grote teilen die wij vullen, veegde z'n handen aan z'n overall af en ging bij het venster staan dat op de luchtplaats uitkijkt. Hij rookte een sigaret, ik dacht aan mijn shagvoorraad. De Sultan draaide zich om, de Arabier hield op met schillen en wij keken toe. 'Weet je wat het is Truus, met die jongens? Ze willen alles voor niks en een lekkere beurt op de koop toe! En ze stelen je leeg waar je bij bent. Zo ondankbaar en inhalig.' De Sultan is op z'n best wanneer hij verongelijkt kan doen, je ziet het gevaar zich in hem klaarmaken, je ziet dat er een achterbaksheid in z'n houding sluipt... De Arabier houdt het tot nu toe bij een broeierige oogopslag en sissende zinnen die wij niet kunnen verstaan maar evengoed wel begrijpen.

De inbreker gaat z'n eigen gang en doet geen moeite bij wie dan ook in de gunst te komen. Ooit, de Sultan was net even naar de plee, liet Truus merken dat ze gecharmeerd was van z'n fysionomie; ze vroeg een vuurtje aan hem en leunde op z'n schouder, nerveus met d'r zwarte wimpers knipperend. De inbreker gaf haar een doosje lucifers met de opmerking dat het toch treurig was dat zij met al dat hoereren kennelijk niet eens genoeg verdiende om een aansteker in de kantine te kopen. Truus verslikte zich in een hap rook en de Sultan, die op dat moment binnenliep, trok een beledigd gezicht en schopte z'n duifje tegen d'r scheenbeen, waarop de Arabier blaffend begon te lachen en plotseling iedereen tegen elkaar stond te schreeuwen, zodat er een bewaarder aan te pas moest komen. Vijf mannen die elke ochtend hun mesje bij de huismeester ophalen, en die op z'n minst een paar keer per dag met de gedachte spelen bloed te laten vloeien. Er was al ruzie over de radio, de een wilde wel muziek bij het schillen en de ander kon er niet tegen. Ik hou me afzijdig, ik heb me niet bemoeid met de radio die nu door de bewaarders is weggehaald.

's avonds
Riekus is langs geweest, of ik niet van gedachten veranderd ben wat die eieren betreft... 'Mijn shag is op,' dat had ik hem al gezegd, ja ja, nou, dan wist-ie een handeltje voor me... Zo gaat dat, om het te vieren nam ik alvast een ei op krediet. Brood, margarine, een beetje zout en dan de glimmende stukjes wit en het gele kruim over zoveel mogelijk boterhammen verdelen! De beste plek voor de schillen is de wc, daar heb ik zitten nadenken. Zag ik iets over het hoofd bij wat ik te doen had? Het is eenvoudig genoeg: morgen, vlak voordat wij de teilen vol aardappelen naar de lift dragen, zal iemand me een pakje toestoppen. Het pakje speel ik door aan de koffieboy, meer niet. Betaling na succesvolle afloop. Het grootste gevaar komt van de Sultan en z'n gevolg. De sloerie zal me proberen te chanteren als ze me doorheeft, de Sultan aast op buit; hij zal zelf de eerste zijn om toe te geven dat hij een bijzonder ontwikkeld reukorgaan voor dit soort klusjes bezit... Morgen, besluit ik. Of om met Ramon – de stereotiepe Spanjool uit derderangs blijspelen die écht zo mallotig doet en feitelijk in dit 'Theater van de Wreedheid' de rol van zijn leven speelt – te spreken: 'Manana, *todos manana*.' Zijn Engels is redelijk maar je moet wel moeite doen om niet in lachen uit te barsten bij alles wat hij zegt. Voor het eten hier heeft hij geen goed woord over, de gedachte aan z'n *tapas*, z'n in olijfolie zwemmende *gamba's*, maakt 'm dol van heimwee. Hij raakt in vervoering en bezingt de wijnvelden, de markten en pleinen, de

vissersdorpen en de jonge vrouwen uit de bergstreken... z'n gezicht spoedt zich moeiteloos van de ene uitdrukking naar de volgende plooi, van droevig & ezelachtig, naar lyrisch & furieus. We mogen hem allemaal, we lachen ons rot, Ramon perfectioneert z'n rol tot in het extreme; hij is de idioot die in de tussentijd overal komt en iedereen spreekt.

Vanmiddag na het werk gedoucht; nadat ik me had aangekleed kon ik m'n kleren weer uittrekken voor een visitatie. De enige momenten waarop er vrijwel zeker geen steekproeven genomen worden, zijn de minuten voor en na de kerkdiensten, of het zo afgesproken is weet ik niet. Bijna tien uur, tijd voor de laatste ronde, de paar bewaarders die met ons de nacht ingaan lopen over de uitgestorven gangen langs de cellen en schuiven de schildjes van de kijkgaten; op wat geruchten na is het stil in het grote gebouw... Het oog in de deur is mij even vertrouwd als de afmetingen van mijn cel, maar wát zíet dat oog! De zielen van levende doden, onhoorbaar gillende schaduwen, worstelend met hun dromen, hun angsten, de verlangens en de roes – dat oog pikt achter elke deur een stuk van de hel op, hij draagt het met zich mee en als hij thuiskomt merkt hij dat de beelden hem niet loslaten dat hij meegesleurd wordt door dat kijkgat, als een drol naar een open riool!

Een van de standaardgrappen waarmee je elke cipier op de kast krijgt, is de vraag hoelang híj nog moet zitten eer ze hem vrijlaten. Kwaad bloed is snel gezet hier. Nacht in de graftombe, schaars licht, en boven het kloppen van het hart en de ademhaling uit, verheft zich de nerveuze rust die uitstekend geschikt is om je er in te verliezen.

Mijn vriend de bibliothecaris, meneer Liem, vroeg me vanochtend in het washok wanneer ik weer eens langskwam. Spoedig, zei ik, en hij knikte en spoelde z'n gebit onder de kraan. Toen alles weer op z'n plaats zat, zei hij: 'Kom toch vooral langs, ik mis onze korte gesprekken en ik wil je wat boeken geven.' Die goeie meneer Liem, die altijd luistert en met wie het boeiend praten is, deze immer correct geklede heer zit levenslang uit voor de moord op zijn vrouw. Een opzienbarende gifmoord die destijds alle dagbladen haalde, vooral vanwege de koelbloedige uitspraken van meneer Liem tijdens het proces. In zorgvuldige bewoordingen maakte hij aan het begin van de rechtzitting al duidelijk dat hijzelf geen tijd wenste te verspillen aan de vraag hoe het met zijn geestelijke vermogens was gesteld. Fragiel maar ongebroken (KLEINE APOTHEKER BLIJKT KILLE MOORDENAAR) beschreef hij zijn daad, hoe er maanden aan voorbereidingen aan vooraf waren gegaan, maanden waarin hij de voor- en nadelen van de diverse vergiften bestudeerde. 'Ik experimenteerde met haar, observeerde haar reacties na toediening van kleine doseringen.' 'Is het waar,' vroeg een van de rechters, 'dat u uw vrouw op een avond een dosis van het noodlottig gebleken gif hebt toegediend, door welke dosis zij die bewuste avond haar spraak verloor en grotendeels verlamd raakte, waarbij u hebt toegekeken en aantekeningen hebt gemaakt?'

Geduldig legde meneer Liem uit dat hij absolute zekerheid omtrent de gevoeligheid van zijn vrouw moest zien te verkrijgen. 'Haar lijden vergde uiterste nauwkeurigheid, in mijn beroep permitteert men zich geen fouten.'

De experts verklaarden hem volledig toerekeningsvatbaar, na zijn veroordeling sprak hij met geen mens meer over zijn daad. De mannen respecteren hem, en ook de directie en het personeel behandelen hem met egards. Je ziet meteen dat hij een heer is, maar hij zal zich nooit boven de andere gevangenen stellen. Zoiets simpels als het in gezelschap reinigen van een kunstgebit betekent voor een man als Liem honderd stappen terug. Door zijn enorme belezenheid en eruditie viel de baan in de bibliotheek hem vanzelf toe. Hij steekt er meer tijd en energie in dan het departement ooit heeft gedaan; hij schrijft uitgeverijen aan en bedelt bij het Rode Kruis, mopperend op het zootje ongeregeld dat de gevangenisblibliotheek moet voorstellen. Na een aantal malen tevergeefs bij hem om bepaalde boeken gevraagd te hebben, waagde hij een gesprek. Wat ik graag las, welke eisen ik aan een boek stelde, enzovoort. Voorzichtig begon hij me titels aan te raden, wees me op auteurs die mogelijkerwijs mijn inzicht konden helpen vergroten... 'Lees dit,' zei hij, 'je hoeft je niet te haasten, het is al jaren niet uitgeleend' – het was een door vocht aangetast exemplaar van Erasmus' *Lof der Zotheid*, ik heb het sindsdien op mijn tafel liggen en lees er zo nu en dan passages uit die me stof voor uren nadenken opleveren. Neem alleen een van de laatste regels waarmee Erasmus zijn loflied op de zotheid besluit: *Ik haat de man die niet vergeet wat hij bij 't luisteren heeft gehoord*. Het is moeilijk om enige tijd in Liems nabijheid te zijn en dan te vergeten dat hij zich op wetenschappelijke wijze heeft ontdaan van een mensenleven dat hem hinderde; hij is anders dan de andere killers hier, je krijgt 'm niet helder voor ogen, steeds hou je het idee voor een mens te staan die door niemand ooit echt gekend zal worden...

Hoe kan je vergeten wat je ziet en hoort in een onderwereld als deze?!

's avonds, na de recreatie

Alles is goed gegaan! Nu ik dit opschrijf prolongeer ik de risico's die me, voor zolang dit papier niet wordt vernietigd, zullen blijven vergezellen – inderdaad: wat een merkwaardige manier van zwijgen!

Vijf minuten voor de teilen naar de lift gesjouwd moesten worden ging ik pissen. Op de trap duwde een gevangene die naar beneden kwam me het pakje in handen, het gebeurde zo snel dat ik zijn gezicht nauwelijks zag. Een met pleisters omwonden doosje ongeveer zo groot als een spel kaarten. De koffieboy stond me naar mijn smaak wat al te blufferig voor zijn keukentje op te wachten, bijna schreeuwend of ik het pakje had. Ik hou daar niet van; om hem een lesje te geven liep ik de eerste keer straal langs hem heen en gaf 'm de handel pas bij de tweede keer dat ik met de inbreker aan de andere kant van de teil passeerde. 'Zakkewasser,' murmelde hij, ik riep iets vrolijks over de geur van echte koffie, de inbreker bemoeide zich met z'n eigen zaken en de Sultan en z'n liefje zeulden ver achter ons, ruziënd en morsend met de andere teil.

Het leven van een *pitter* slentert langs nederige wegen, die bovendien verrekte smal zijn; glorie zal hij in zijn verbeelding moeten zoeken want zijn omgeving fourneert geen weggevertjes; vijf dagen per week ontdoet hij de bonkige kleibinten van hun besmeurde jasjes, hij kleedt die kanjers uit en zet ze in hun blootje tussen zijn vingers om er met de punt van het mes de paarse pitten uit te wippen, kankeruitzaaiingen die zich soms door de hele aardappel heenvreten. De pitter schilt en pit, hij neemt rookpauzes tussendoor en let op de anderen. Hij verdient een centje, hij graait in die jutezakken naar de kleibommen en z'n hand met het mes doet het werk, duizenden gaan er door zijn vingers en belanden in de teilen opspattend water. Vreten voor honderd magen schuift hij in de lift die knarsend naar de keuken daalt, – Riekus beneden met opgerolde mouwen aan het rad. Na gedane arbeid meldt de pitter zich weer bij de huismeester en levert zijn mes in, hij doet dit tussen de middag, bij langere werkonderbrekingen en aan het eind van de werkdag. Een nederig bestaan zonder al te veel stuiptrekkingen.

De balen shag heb ik ontvangen maar de eieren gingen m'n neus voorbij omdat Riekus er 'niet mee wilde blijven zitten', alsof die gewilde lekkernij ook maar de kans zou krijgen te bederven. De visite is trouwens net weg, vlak voor de laatste ronde ondernam de dagploeg nog even een overvalletje hier en daar. Ik werd gesommeerd uit mijn cel te treden, twee man stelden zich aan weerszijden van mij op, en twee anderen verdrongen zich tussen de tafel en het bed, tussen de kast en de uitgebeten plastic pispot. De papieren lagen zoals ik ze had achtergelaten: duidelijk zichtbaar, de pen er bovenop. Ik zou me teleurgesteld kunnen voelen dat het geschreven woord in hun ogen zo onbeduidend, zo ongevaarlijk schijnt. Als ik een gedetailleerd ontsnappingsschema voor ze klaarlegde zouden ze er net zo weinig aandacht aan besteden. Ze zoeken naar wapens, verdovende middelen, geld, ijzerzagen, alcohol, maar woorden? Laat me niet lachen, schreeuwt de chef op de achtergrond; wat wou je met die woorden bereiken? Niemand hoort je en als ze wel wat horen zullen ze blijken doof te zijn! Teleurstellingen, *gevoelens*, horen bij het léven, en daar is hier geen sprake van – alles is dus ongeveer in orde. 'Verlang je niet ongewoon sterk naar de vrije lucht, de bossen, de wind in je gezicht, en 's avonds een rit door de neonverlichte stad?' Zulke dingen schreef M. mij in haar eerste brieven, ik las en herlas ze en antwoordde haar dat ik elke nacht van een nieuwe maan droomde, hunkerend naar al die beelden die zij opriep. Krankjorem werd ik er van, ik zocht maar naar die hemel en kon niet over de muur kijken.

'Schrijf me!' smeekte M., 'zeg me wat het zwaarst weegt in je hart.' De aanlopen die ik nam om over de muur te geraken werden minder fanatiek, de twijfel kwam er in, daarna de hink en op den duur de gewenning. De muur was er altijd, hij remde af, gaf dekking en bescherming tegen de aanstormende chaos die in de buitenwereld gaande was en zich op alle mogelijke manieren liet gelden. De dromen veranderden, de angst vond mijn handen en leidde mij troostend tot bij de muur. Buiten woedde de oorlog en de tering in de harten van de mensen, aan mijn kant van de grens heerste betrekkelijke kalmte. De regelmaat en de bij vlagen oplaaiende incidenten in deze bunker ontnamen mij de drang tot spreken met anderen dan hen die met mij dezelfde rondjes over de luchtplaats sjokten. M. zei dat ik loog, ze verdween. De leegte die het verdwijnen achterliet gaf me ruimte om te kunnen ademhalen.

later, in het holst van de nacht
Na een paar uur geslapen te hebben ben ik opeens klaarwakker, ik heb het bedlampje aangeknipt en het schrijfblok op schoot genomen. Geen tekenen van vermoeidheid, de smaak in m'n mond niet brakker dan anders, geen bijzondere geluiden die me het verder slapen onmogelijk gemaakt zouden hebben; eensklaps is er die helderheid waarvan ik me afvraag wat ik ermee aan moet. Normaal slaap ik goed, waarom slaap ik dan nu niet? Het Grote Vriendelijke Oog heeft zich er van vergewist dat ik nog steeds reglementair aanwezig ben op de daartoe bestemde plek – 'schllupp, schllupp', het is een zacht zuigen rond het kijkgat, als van een diertje dat z'n snuit tegen het glas drukt. In het dienstverslag zal genoteerd staan: cel 7 had om zo en zo laat het licht aan, hij zat rechtop in bed en schreef. Misschien ook: hij rookte een sigaret.

Men kent hier verschillende gradaties van *observatie*, daar maken ze dan vooral de eerste maanden een hoop kouwe drukte over. De vleugel waar de nieuwelingen terechtkomen heet onverbloemd observatieafdeling, de bewakers loeren wat vaker door het spionnetje, ze stellen 'tussen neus en lippen' vragen, ze doen moeite je te peilen opdat ze je uiteindelijk kunnen indelen. Een psycholoog informeert nog zo naar het een en ander, en als de tijd daar is komt de brigadier vertellen dat je 'op grond van de observatierapporten' zal verhuizen naar een vleugel met een streng regime of naar een waar de teugels losser liggen, zoals waar ik nu zit. In een vorige fase, waarin ik geen afstand van de dingen kon nemen en tegen alles in opstand kwam, viel ik onder straf regime. Bij elke handeling buiten de cel keek een van de uniformen op je vingers, je zette daar geen stap zonder toezicht en aansporingen van kortaangebonden types. Het maakt een wereld van verschil, maar dat is schijn want waar ze je ook opsluiten, het Oog volgt je.

Wat een zegen dat de synapsen van het zenuwstelsel de hele dag door een flink deel van de inkomende impulsen uitschakelen! Zonder die koppensnellertjes wist geen mens het langer dan een minuut in deze snerttent uit te houden, geen hersenpan zou bestand zijn tegen de stortvloed aan indrukken, en explosies zouden de bunker op z'n grondvesten doen schudden. Erasmus was een wijs man, je krijgt allerlei enge ziektes als je niet kunt *vergeten*; dat had hij wel door – HEEFT NIET DE ZOT HET BESTE LOT – maar je merkt dat hij de bajes niet kende. Die zotheid hier draagt een andere jas, een met in elke zak een bom, benevens vinnige scheutjes haat en ander voedsel voor het varken van de waanzin, dat nooit voldaan is en eeuwig blijft wroeten. Je geeft een veelvraat te eten, zoveel heb ik er van begrepen, en je moet z'n

prak érgens vandaan halen... Tussen totale apathie en onophoudelijk verzet beweeg ik mij langzaam, bijna stil-
staand voort. Ik hoor de toon, die holle klank, en tevreden
laat ik mij door hem verdoven. Ze kunnen me begluren,
bij een steekproef apart nemen en tot aan hun polsen in
m'n achterste porren op zoek naar contrabande; ze kunnen elke morgen naar m'n kalender informeren en op za-
terdag controleren of ik de vloer van m'n cel wel goed
heb gedweild... Wat ze níét kunnen is me nogmaals afnemen wat ik al kwijt ben, het weinige is mij genoeg en dan
is er altijd mijn jas nog. Hun sterkste wapen is het dreige-
ment op een dag de poort voor mij te openen en me de
straat op te jagen, dat mag niet gebeuren, nooit! Ik klamp
mij vast aan de steen, zodat ze 'm onmogelijk kunnen wen-
telen, al duwen en trekken ze zich een ongeluk – dit graf
blijft dicht!

de matige schoonheid van de morgenstond
   Sleutel in de deur, man om de hoek, een lichaam te bed
en het begin van zonlicht dat ook later niet ten volle door
het venster weet te breken.

tijdens het middagmaal
   Smullend van het zogeheten 'draadjesvlees' (taaie draad-
jes waar je lang op kunt kauwen) dat wij te zelden in ons
gamelletje aantreffen, test ik en passant m'n nieuwe ballpoint. Gekregen van meneer Liem, vergezeld van zijn oprechte verbazing over wat hij noemde 'de schrijverij' en
een stapeltje stencils die aan één kant nog best te gebruiken zijn. Toen ik de bibliotheek binnenliep was hij in gesprek met een vent die een boek wilde 'zonder geouwehoer en moeilijke toestanden'.
   'Staat er niets voor je bij in de kast Spanning & Avon-
tuur?'

'Die ken ik allemaal al. Zijn er al nieuwe Jerry Cottons?'

Meneer Liem schudde zijn hoofd alsof het hem werkelijk verdriet deed, hij dacht even na, en z'n gezicht klaarde op. 'Aah,' zei hij, 'ik wed dat je deze nog niet gelezen hebt, een spannende Stanley West.' Hij rommelde in een kartonnen doos, vond de pocket en las de titel hardop voor: *De dood draagt smoking*.

'Die neem ik,' besliste de gevangene en liet het boek afstempelen.

Steeds als we een gesprek wilden beginnen werden we onderbroken, meneer Liem scheen zich moeiteloos te verplaatsen in de uiteenlopende wensen; zijn adviezen bleven ter zake kundig of het nu een cowboyverhaal of een streekroman betrof. Er was een gevangene bij die een verhandeling zocht over grotten, holen en spelonken, en kon de bibliothecaris hem helpen aan een studie die uitleg gaf over het gedrag van lemmingen tijdens de trek? Meneer Liem wees zijn klant vriendelijk op de armzalige voorraad, maar hij beloofde een wetenschappelijk instituut aan te schrijven.

We waren een moment alleen. Ik kreeg een kop koffie; terwijl hij inschonk en ik naar hem keek liet ik me ontvallen dat ik sedert enige tijd m'n gedachten op papier zette. We zaten tegenover elkaar aan zijn netjes geordende bureautje, ik vroeg hem naar het waarom van zijn verbazing; z'n schuine ogen namen afstand, riepen dat ondoorgrondelijke op, het duurde maar kort.

'Het heeft minder met jou te maken dan je in eerste instantie zou denken. In Indië las ik veel, veel meer dan ik later zou doen. Alles wat er voorhanden was en wat je te pakken kon krijgen verslond je. Net als andere jonge knapen schreef ik liefdessonnetten voor de meisjes die ik nooit zou krijgen. Ik wilde journalist worden, ervaring opdoen en nadien, wie weet, de Muze dienen. Dat was mijn droom in die jaren, het werd een studie medicijnen en een keuze voor het apothekersvak.'

Spijt zei hij niet te hebben, hij schreef vakliteratuur en vond daarin zijn bevrediging. 'Je confidentie verbaasde me doordat het me de herinnering aan mijn eigen ambitie van weleer te binnen bracht. Nu je me dit verteld hebt raad ik je aan er voor te waken dat je afhankelijk van de woorden wordt, zodra je je hecht ben je in het bezit van iets dat ze je kunnen afpakken. Wat niet wegneemt dat de schrijverij de dode uren ruimschoots kan vullen.'

Hij gaf me de ballpoint, het papier, en twee titels van Knut Hamsun: *Hoe het groeide* en *Zwervers*. Liever had hij me Hamsuns beste boek *Honger* gegeven, en nog liever was het hem geweest als hij zijn bibliotheek van thuis kon laten overkomen, auteurs die hij opsomt met een klank in zijn stem die doet vermoeden dat zij net als zijn sonnettenmeisjes voorgoed onbereikbaar zijn geworden: Stendhal, Poe, Gide, Conrad, Dostojevski en eindeloos veel anderen.

Honger? Ach, ik eet de gamellen leeg, ook de vrijwel tot snot gekookte kwak andijvie verdwijnt, en de piepers die ik zelf heb geschild. Ik verheug me op de siësta, een uileknappertje dat voor Ramon de Spanjool heel gewoon is, maar voor mij geldt het als het aangenaamste uur van de dag. Het sluimeren brengt me in een prettige roes die wel eens visioenen aandraagt van een leven dat ik ooit met M. gedeeld zou kunnen hebben. Ik onderga de toverij aan de binnenkant en raak geen moment totaal 'weg', ik blijf beseffen waar ik me bevind, in een kamertje geknipt voor 't ijsberen... Meestal zie ik hoe wij de liefde bedrijven in een treincoupé of in zee, en ik hoor mijzelf zeggen dat ik tot voorbij het hiernamaals van haar zal blijven houden... Het eindigt onveranderlijk in een uit het niets komende

sfeer die in het teken van de haast staat; we moeten op-
schieten alsof er storm op komst is, al lopend kleedt ze
zich aan, ze draait zich om en vraagt: 'Waar wacht je
op?!'

Ik zat nog niet zo lang achter de balk, m'n gezondheid
was slecht. Tijdens een van de siësta's rustte ik op bed
met een shaggie, een beetje lui en slap, wat niet verwon-
derlijk was. Zonder pardon en buiten mijn medewerking
om bleek ik op de bodem van een door een onbekende in
mijn cel gegraven kuil te liggen. Ik deed moeite overeind
te komen, dat lukte niet, m'n stem weigerde om hulp te
roepen en opgenomen door een ijzige tochtvlaag verliet
ik m'n lichaam... Van dichtbij stond ik gevoelloos naar
mezelf te kijken, naar dat stijve, bleke lijf dat daar opge-
baard lag. Een maat van Riekus stapte dwars door de
muur en boog zich over me heen, hij ging dezelfde weg
weer naar buiten... Dat was nog eens een voorstelling!
Daar had ik weken niet van terug, onvoorbereid op die
wreedheid die me getuige liet zijn van m'n eigen, armoe-
dige einde.

'Waar wacht je op?!' Op een doorbraak. Misschien.
Ondertussen bouw ik bunkers.

in de vooravond

De Arabier staat op springen. Tot twee keer toe heeft
hij Truus – die, nu de Sultan op transport is om voor een
commissie te verschijnen, hypernerveus en weerloos is –
op z'n knie getrokken en betast. Haar gesnerp alarmeer-
de een legertje bewaarders dat met zwiepende bullepezen
het pithok schoonveegde. We moesten allemaal naar onze cellen en een uur later zaten we er weer, met uitzondering van Truus, ze heeft zich nu maar ziek gemeld.

Met z'n drieën hebben we het werk van vijf man gedaan. Zonder verdere problemen wisten we het karwei **te**

klaren, de afwezigheid van de twee tortelduifjes kalmeerde de Arabier, hij heeft zelfs gezongen, met z'n voet het ritme tegen een van de teilen tikkend. De inbreker kondigde aan een ander baantje te zoeken, hij verwacht eerdaags een uitbarsting en met nog een paar maanden te gaan voor hij vrijkomt wil hij zich geen moeilijkheden op de hals halen. 'De Sultan is te laf om het op een eerlijk gevecht te laten aankomen, hij zal 'm van achteren pakken, let maar op, die Sultan en Joesoef zijn allebei zo maf als een vink.'

Vanavond is er geen recreatie, de deur hoeft niet open. Vroeger zou ik gegruwd hebben bij het idee dat ik tevreden kon zijn zolang de deur maar op slot bleef, elke kans greep ik aan; bezoek aan de dokter, de sociaal werkster, de psychiater, de dominee en de humanistisch raadsman – het maakte niet uit wie er luisterde, elk gezelschap was mij welkom. Ik stortte me helemaal in het verenigingsleven, nam zitting in de paascommissie, de kerstfeestclub en ik gaf me vrijwillig op voor het onkruid wieden op de luchtplaats. Waren er gevangenen nodig om met mensen van buiten een praatgroep te vormen, op mij konden ze rekenen. De radio stond altijd aan, ik deed wat ik kon om actuele kranten te bemachtigen, hongerig naar nieuws, want ik mocht niet vervreemden. DE MACHINE DENKT VOOR JE! waarschuwde ik mezelf en een ieder die wilde geloven dat ik wist waarover ik sprak. BLIJF WAAKZAAM, STOMP NIET AF!

Kleuren bestaan niet meer, fijne nuances overbluft door de botheid, de grove gebaren. De gelijkmatigheid is in feite die afstomping waar ik zo bang voor was, ik heb mettertijd ondervonden in welke hoeken het werkelijke gevaar schuilt; het is goed dat alles grijs op je netvlies ligt, ergens daar in het midden moet je een gaatje zien te vinden, en op die opening concentreer je je dan – daarachter gebeurt het! De minimale subversie komt alleen tot z'n recht wanneer je onzichtbaar bent geworden, voor jezelf en voor de honden. Geen woord meer! Met praten haal je de gekte naar je toe, dat is het gevaar. Ze bedelven je onder brieven die je pijnlijk precies voorschotelen welke pleziertjes je allemaal moet missen, je wacht een lange week met stenen in je buik op het bezoekuur, je knippert met je ogen bij het zien van al die kleuren, en je práát, godallemachtig ja.

Meneer Liem heeft het begrepen, hij gaf zich over en stelde niettemin voorwaarden aan wat zou komen. Hij kent zijn bestemming, hij hoeft niet meer naar andere treinen te verlangen, op een restje weemoed na heeft het verleden afgedaan voor hem. Hij is leeg, hij is thuis, het is goed zo.

's morgens

'ARBEID!' Even voelde ik de aanvechting om net zo hard 'SMEERLAP!' te roepen, of iets volkomen krankzinnigs met die verdomde sleutelkoning uit te halen, een dansje op de ring, desnoods een knokpartij die ik beslecht door het meegesmokkelde aardappelmesje diep tussen de vouwen van het uniform te stoten. 'Alles goed?' vroeg de bewaarder vriendelijk. 'Ja hoor, ik mag niet klagen. Hoe is het weer buiten?' 'Bewolkt, je mist er niks an.' Neuriënd vervolgde ik mijn weg, vingers glijdend langs de stalen railing, die ene grote roestplek voelend en wetend dat-ie daar al jaren bezig is zich in te vreten, de cellen en de draadnagels en de gevangenen in me opnemend; zo daalde ik de trappen af, passeerde de vierpersoonscel waar de Chinezen al doende waren met het koken van hun eigen potje rijst, ik groette, bleef even bij de geopende deur stilstaan om de geur van hun specerijen op te snuiven, pikte het tempo weer op en liet het in al z'n intensiteit door m'n lijf zoemen. De rochelende kelen zongen het lied van alledag en de darmen die aan de moloch behoren gromden en steunden, geen plek in het gebouw onaangeraakt door de *verstopping* die zich over de bewoners ontfermde met een lompheid van heb ik jou daar! Ik verwelkomde het bekende tafereeltje en zag in gedachten de huismeester naast zijn bureau springen om zijn onvermijdelijke vraag over m'n kalender af te vuren. Op het vlak aangekomen snelde het tumult dat van de B-vleugel kwam direct mijn kant op, ik zat er meteen middenin.

Een bewaarder schreeuwde vanaf de begane grond naar een gevangene die op de tweede ring met gekromd bovenlijf voor z'n cel heen en weer stapte. 'Kom naar beneden, Rikkers, pak je spullen en kom verdomme naar benéden!' Het was de gevangene die wij niet anders dan als Stoep kende, een geblokte gewoontemisdadiger voor wie het stelen net zoiets was als ademhalen; je deed het zonder dat je er erg in had. Stoep trok zijn overhemd uit en gooide het over de ring – 'Barst maar met die pleuriszooi, zie maar dat je me kwijtraakt.'

'Je gaat naar huis, Rikkers, kom hierrr!'

De brigadier en de huismeester kwamen op het lawaai af en ik liep met ze mee naar de bewaarder, met z'n vieren stonden we omhoog te kijken. De bewaarder begon uit te leggen dat gedetineerde Rikkers weigerde zijn cel te verlaten, dat hij hem al verscheidene malen gesommeerd had z'n spullen in te leveren, maar dat hij het vertikte. De brigadier keek naar de huismeester, die de bewaarder een schouderduw gaf en nijdig sprak: 'Is die kerel helemaal gek geworden?! Vooruit Kooiman, haal die vent uit z'n hok. We liggen al twintig minuten achter op het schema!'

De bewaarder aarzelde, liep dan naar de trap en begon, omhoog kijkend, te klimmen. Stoep brulde dat de eerste die in de buurt zou komen een stoel naar z'n kop kon krijgen, hij hief de stoel boven z'n hoofd en liep een paar passen in de richting van het trapgat waar Kooiman naar boven zou komen. Deze bleef staan en keek vragend naar zijn chefs. De huismeester wenkte z'n bewaarder naar beneden voor overleg, ze schenen mij vergeten te zijn.

'Hé Stoep,' riep ik, 'wat is er loos?'

En Stoep kotste z'n hart leeg – waarom hij niet naar buiten wilde? Omdat hij het verdomde de straat op te gaan en weer te moeten jatten, zonder een dak boven z'n hoofd en niemand die ooit iets voor hem deed... 'Hier heb ik een bed en goed te vreten, m'n pillen op tijd en geen sores aan m'n kop, wat heb ik buiten? Een hoop narigheid, man, de winter komt d'r aan, ik verdom het, ze zullen het weten. Ik ga niet!'

'Ken je 'm,' wilde de huismeester weten, 'luistert hij naar jou?'

Ik schudde m'n hoofd: 'Ik ken 'm, maar er is geen sprake van dat hij naar me zal luisteren, hij weet dat hij daar buiten binnen een paar maanden crepeert.'

Met z'n handen in z'n zij, in een laatste poging z'n houding voldoende autoriteit te geven, stelde de brigadier zich recht onder Stoep op en riep: 'Komt er nog wat van, Rikkers, of moeten we je halen?!'

Stoep smeet de stoel tegen z'n celdeur bij wijze van antwoord. Meerdere bewaarders kwamen aangelopen en met hen verschenen er steeds meer gevangenen die nog niet op de werkzalen zaten en elke onderbreking dankbaar aangrepen. De huismeester brieste naar z'n personeel dat al die gevangenen als de donder achter de deur moesten, bewaarders verspreidden zich in sukkeldraf over de ringen. 'Maar kalm,' bezwoer de brigadier, 'we willen geen opstootjes.' Stoep had zich in z'n cel teruggetrokken, bewaarder Kooiman raapte het overhemd van de vloer en bleef er nerveus friemelend mee in z'n handen staan. De chefs overlegden weer, namen een besluit.

'Opdonderen,' beet de brigadier mij toe, 'naar je cel.'

Ik treuzelde en vroeg wat ze van plan waren, de huismeester zei dat ze de psychiater gingen sturen, hij haalde z'n schouders erbij op en leek erg moe.

Later vernam ik dat de psychiater langer dan een halfuur met Stoep had gepraat en dat Stoep uiteindelijk genoegen nam met een voorraad pillen voor twee dagen. Uren te laat pakte hij zijn ontslagbewijs aan en liet zich door de poort de straat opduwen...

Het is nu bijna middag, van pitten is vanmorgen niets meer gekomen. Als we vanmiddag weer aan de slag moeten zal het aanpoten worden, de Sultan is terug van z'n uitstapje en dat voegt nog wat extra's toe aan de dreiging die na het gebeuren met Stoep achter m'n slapen klopt, en me niet alleen een barstende koppijn geeft maar ook het besef van tijd vertroebelt.

's avonds

Het komt voor dat het onvermijdelijke minder onvermijdelijk is dan het zich liet aanzien, maar in dit gekkenhuis worden onheilsprofetieën makkelijk bewaarheid. De Sultan – die zes jaar vol maakt en daarna naar een asiel gaat waar ze hem voor de rest van z'n leven zullen 'verplegen' – koos de eerste rookpauze om de Arabier onverhoeds in de rug aan te vallen. Zonder het te willen redde Truus haar aanrander door op het moment dat de Sultan z'n arm met het mes spande, een gil te slaken... Joesoef dook opzij en trapte in zijn val de Sultan verschrikkelijk hard tegen z'n kloten... De Sultan had geen schijn van kans, de Arabier sloeg 'm drie, vier keer vol op z'n gezicht en rende toen het pithok uit, in een kluwen bewaarders die zich op hem stortten. De inbreker en ik gooiden onze messen neer in de hoop minder klappen van de bullepezen op te lopen. Truus had al een blauw oog van haar man bij zijn thuiskomst gehad en hield niet op met gillen, wat de honden razend maakte. De Sultan zelf lag uitgeteld tegen een jutezak. De huismeester gaf ons 'hangende het onderzoek' allemaal cellulair, wat voor mij eerder een welverdiende pauze dan een straf is.

Een van de meppen heeft m'n schrijfhand geraakt, de pols is gezwollen en ik heb moeite de pen vast te houden. Laat het donker worden, en laat mij de woorden van Izaak in Hamsuns *Hoe het groeide* herhalen: "Neen, ik blijf hier maar zitten en 'k moet steenen opgraven voor mijn muur!" "Ja, daar zijn heel wat steenen noodig voor zoo'n muur als de jouwe!" "Steenen?" antwoordt Izaak. "Ja, 't is net of je er nooit genoeg hebt." '

in de loop van de ochtend

Ik heb me bij de bewaarder opgegeven voor de dokter. 'Ben je ziek dan?' vroeg het uniform spottend. Treurig stak ik m'n gezwollen handje omhoog en keek sip – 'handje doet pijn, kan niet rukken, iedereen is ongelukkig.' 'Bah,' zei het uniform, en noteerde mijn naam op de lijst. Ongeveer een uur daarna werd ik al opgeroepen, maar omdat ik cellulair heb liep er een bewaarder met me mee, en in de wachtkamer zag hij er op toe dat ik geen woord wisselde met de andere gevangenen. Ramon zat er, ongetwijfeld van plan lang te gaan klagen over een van zijn imaginaire ziektes, maar even waarschijnlijk was het dat hij op de hoogte was van hoe het er met de Sultan voorstond, en wat er met Joesoef was gebeurd. Ramon begreep wat ik wilde, hij stond op en kwam naar me toe – 'Ello amigo, you haav cigarette foor mi?' Ik gaf 'm m'n shag en fluisterde snel een paar vragen, hij snapte me maar had zoveel tijd nodig om uit z'n woorden te raken dat de bewaarder er een eind aan maakte voordat ik ook maar iets te weten kwam.

De dokter zat als een klerk die omwille van promotie-kansen z'n collega's bespioneert aan zijn schrijftafel en beloerde me op de smiezelige manier die hem z'n faam heeft bezorgd. Dat nam een krappe minuut, hij is in die 'doorgrondende' houding echt een bezienswaardigheid; hij kijkt je niet aan, zelfs niet schuin, schijnbaar rusten z'n ogen op het een of andere rapportje, maar je waant je desondanks zó geobserveerd dat het is alsof je z'n handen aan je gulp voelt.

'Blijf maar staan, ik denk niet dat je lang bezig bent. Je benen doen het nog, aan je gelaatskleur te zien is je bloeddruk in orde, ademhalingsmoeilijkheden heb je ook niet, dus wat?!'

Wie bij hem komt met klachten over maagpijn, krijgt een korte uiteenzetting over hersentumor of een andere afgrijselijkheid te horen. Volgens hem is het gros van alle ziektes te genezen met koud water en een extra portie eiwitten, er loopt geen tweede dokter rond die zo krenterig met z'n medicijnen is. En z'n geloer is niet in overeenstemming met z'n intimiderende praatjes, z'n wezelkop past slecht bij z'n behaarde onderarmen en zware handen. Hij kneep in m'n zwelling, constateerde dat het meeviel en gaf me een verbandje mee voor 's avonds. Weer terug in m'n cel begreep ik hoe eenvoudig het is een moord te begaan; wat je nodig hebt is de juiste omstandigheid en een gestichtsarts als de onze.

bij de middagthee

Het dragen van een horloge moet als opsmuk worden beschouwd, in elk geval hier. De regelmaat hapert nooit, het lichaam neemt de klokfunctie over en de geest hoeft zich geen enkele inspanning te getroosten, de vaste wissewasjes komen vanzelf naar hém toe: thee om halfacht, koffie om tien uur, warm eten om twaalf uur, 's middags om drie uur weer thee, brood rond de klok van vijf en de laatste koffie om acht uur – Da's het klokje van tevredenheid dat daar tikt! Je kan er het uur van je dood op gelijkzetten en velen doen dat ook, bewust in een verachting die ze de moed daartoe geeft, blind in een berusting waar definitief de rek uit is. De dagen kunnen rustig worden afgeschaft, kalenders verbrand en als men ook nog de radio uitgeschakeld houdt, en de verleiding weerstaat aan anderen te vragen welke dag het is, dan zal blijken dat de vaste patronen waarbij men bestaat de enige zijn die er werkelijk iets toe doen. Macaroni of spaghetti in de pan? Kan alleen maar maandag zijn. Onder de douche geweest? Dan noemen we die dag woensdag – opsmuk zeg ik je. Ik zwaai het horloge tussen vingertoppen heen en weer, het brengt allicht een prijsje op bij de liefhebbers die om elke pols een klok dragen, omdat ze het mooi vinden en graag willen geloven dat het van belang is te weten hoe de wijzers staan. Voor Stoep wezen ze vijf minuten voor middernacht aan, het spookuur in griezelfilms van talentloze regisseurs... Welk nut had het voor hem om te zien dat het ochtend was toen ze hem dwongen z'n schuilplaats te verlaten?

Deze heerlijke stilte bevalt mij buitengewoon, ik kan mij geheel concentreren op de pijn in mijn hand, die nu mijn hele arm omvat, en me bij elke scheut dieper in die pijn graven, en daardoor afstand nemen. Alles verliest z'n betekenis, alleen deze brief die nooit geadresseerd zal worden blijft in beweging, als een langzaam roterende schijf die z'n werk doet, terwijl ik met gesloten ogen toekijk.

later

Ik zweer het op alles wat me vroeger heilig was: ik kom tijd te kort! Elke onderbreking is er één en bij elkaar opgeteld is het te veel, zelfs in isolatie lopen ze je deur plat – een bewaarder met de mededeling dat de onderdirecteur me wenste te spreken. Nog in gepeins verzonken wilde ik zo met de bewaarder meelopen, op m'n blote voeten en met m'n hemd uit m'n broek. De heren hebben een band met het decorum en ze zien het onmiddellijk als je vergeten hebt je haar te kammen; ze eisen een uiterlijke netheid van de varkens in het kot, de 'waardigheid' van de gevangene zou er mee gediend zijn, en meer van zulk soort flauwekul. Ik heb ooit een mooie anekdote gehoord van een vent met een kunstbeen: hij zat voor een schietpartij en op een dag is er een gespreksgroep onder leiding van de pater. De pater spreekt over de gevallen mens en hoe deze zijn waardigheid zou kunnen hervinden. Het kunstbeen luistert en gaat er niet erg op in, de volgende dag vraagt hij een gesprek onder vier ogen bij de geestelijke aan. Hij begint te vertellen over het leven achter de tralies, hij praat meeslepend en zorgt ervoor dat de pater er geen woord tussen krijgt. Dan opeens gespt hij zijn prothese los en legt het ding met een bons op tafel – 'Vertel me es, eerwaarde, hoeveel waardigheid zit er in me stomp as ik 's avens dat kunstpoot afleg, en wat koop ik voor die waardigheid as ik buite me hand op mot houwe?!'

De onderdirecteur is geen gemakkelijk mens. Hij is precies zoals een man in zijn positie hoort te zijn: ambitieus, azend op de positie van zijn baas wiens tegenpool hij op veel punten is. Hij heeft niets van een boekhouder, hij benadrukt met graagte dat hij zelf nog dienst geklopt heeft in dit gebouw, dat hij zich wist op te werken tot wie hij nu is. Riekus incasseerde een maand of wat geleden nog een hengst van hem in verband met een akkefietje in de keuken. Ik zei al, geen gemakkelijk mens, maar wel van het type dat meteen ter zake komt, niet slijmt, en nog niet geheel en al van humor gespeend is. Moppen werden er

evenwel niet getapt bij dit onderhoud – 'De ware toedracht van de gebeurtenissen, gistermiddag in het pithok.'
Ik kon mijn lachen niet houden: 'U verwacht van mij toch niet dat ik een volledig verslag ga staan geven?'

'Je was er bij, je hebt gezien wat er gebeurd is, hebben ze allebei met hun mes gedreigd?'

Hij hield aan, wat ik ook zei...

'Ik heb niks anders gezien dan een vechtpartij die voorbij was eer ik er erg in had.'

Hij gaf het ten slotte op, en deelde mee dat de hele pitploeg vervangen zou worden. Mijn straf bestond uit drie dagen cellulair en twee weken zonder recreatie. Geen televisie kijken schijnt voor menigeen zo'n beetje de ergste straf te zijn die je je kunt denken, enfin, ik mocht niet klagen met die avondrust in het verschiet. Toch is er iets dat me verontrust, een opmerking aan het eind: 'Het zou jammer zijn wanneer je gedrag er aanleiding toe geeft de goede rapporten die er over jou liggen, te moeten herzien.'

De goede rapporten... slechte rapporten hebben allerlei ongerief tot gevolg, dat is lastig, je komt op die manier te vaak in de kijker... Maar *goede rapporten*... een huivering bekruipt me, ik zie commissieleden die in een dik dossier bladeren, mijn naam staat op het kaft, mijn registratienummer, en die papieren vertellen het verhaal zoals de waarnemers dat vanaf mijn eerste dag hebben opgetekend. De commissieleden knikken, naarmate ze in de stapel vorderen in opgaande lijn welwillend, instemmend, lijkt het wel... Ze zijn bijna tevreden, spreken een termijn af waarna ze nogmaals zullen afwegen of ik inderdaad... Nee! In snel tempo een aantal slechte aantekeningen vergaren is eenvoudig, het zou zich echter uitbreiden tot een permanente houding waarmee ik opgescheept zou blijven zitten. Er zou geen weg terug zijn, want dan kreeg ik

weer goede rapporten... WAANZIN IS BEGERENSWAAR-
DIG, laat Erasmus de Zotheid zeggen, hij tekent er wel
bij aan (hij kende de gevangenis misschien niet aan den
lijve, maar zijn geest kende de onderwereld!): 'Er bestaan echter twee soorten waanzin: de ene is die welke
door de afschuwelijke wraakgodinnen uit de onderwereld omhoog wordt gezonden, telkens wanneer ze door
het zenden van haar adders oorlogszuchtigheid, onlesbare
gouddorst, een schandelijke en zondige liefde, ouder-
moord, incest, heiligschennis of een ander dergelijk on-
heil in de harten der stervelingen brengen, of wanneer ze
een schuldige en schuldbewuste geest met hun furiën en
angstaanjagende fakkels opjagen. Er is een ander soort,
heel anders dan die eerste die uiteraard van mij stamt en
bijzonder begerenswaardig is. Die doet zich voor, telkens
wanneer een prettige zinsverbijstering tegelijkertijd de
geest van die benauwde zorgen bevrijdt en hem door-
drenkt met allerlei genietingen.'
Allerlei genietingen – je vindt ze híér, ondanks de bommen in je jaszak, meneer Liem zal het beamen! De eerste
soort waanzin wacht twee stappen buiten de poort, ik
moet nóg schimmiger worden, radicaal vergroeien met
het steen. Als mos waar niemand aanstoot aan neemt, een
meubelstuk moet ik worden, een verschijning die onopgemerkt gaat, een figuur waarvan ze zeggen: 'O ja, die is
er ook nog, laten we hem z'n pannetje eten brengen.' De
dagen zouden ongeteld wegebben, in een ándere, onvoor-
stelbare zinsbegoocheling vervliegen, ik weet het zeker!

na het voorbereiden op de nacht
Wonderlijke ervaring om de wasruimte helemaal voor
je alleen te hebben, een bewaarder die ongeïnteresseerd
toekijkt, geen geluiden dan die je zelf maakt met je tan-
denborstel. De laatste nieuwtjes ontbreken, de jongens

die je even gedag zou willen zeggen, ik miste dat lawaai, het geouwehoer over niets. Morgen word ik apart gelucht, dat zal een belevenis zijn om in m'n eentje over die grote luchtplaats te sjouwen, en nu ik er over nadenk en m'n fantasie vooruitduw, de luchtplaats op, dat stille plein met z'n kinderhoofdjes die spekglad worden in de regen, verkennend en weifelend omdat het zo vreemd is jezelf in het midden van dat lege plein te ontmoeten; nu ik me, aan tafel zittend en luisterend naar de regen, de totale isolatie voor ogen breng realiseer ik me dat die situatie een uiterste is waarvan ik me, andermaal, afvraag wat ik er mee aan moet. Je moest toch af en toe de mogelijkheid hebben een praatje met je buurman aan te knopen, een paar schepjes oploskoffie van 'm lenen, of een handeltje treffen – zwijgen: akkoord. Maar stilaan tot wanhoop gedreven je eigen tong uitrukken, dat is al te erg. De minimale subversie die ik al eerder noemde en waarbij ik zweer, die verborgen handelingen van klein verzet voor eigen genoegen en noodzakelijk tegenwicht, zij zouden onmogelijk worden gemaakt. Ik zou geen schaar meer bij de huismeester mogen lenen en kon dan ook niet eens een oog uit een geïllustreerd tijdschrift knippen om dit aan mijn kant van het spiongat te plakken, ik kreeg die schaar niet en de tijdschriften werden uit m'n cel gehaald; hoogstens kon ik, áls ik er de kracht nog voor had, zelf bij het gat gaan staan en de bewaarder overrompelen door net als hij kijkt mijn oog in zijn ziel te rammen. Dat kun je één, twee keer doen en dan nemen ze je te grazen.

Schrijven zou eveneens uit den boze zijn en ondanks de waarschuwing van mijn vriend de bibliothecaris zou ik moeizaam afstand kunnen doen van deze woorden. Ik draai een van de stencils om en lees: IN UW KAMER BIJ HET REGLEMENT BEWAREN – LIJST VAN SPREEKUREN. Volgt een indrukwekkende opsomming van op gezette tijden ter beschikking staande personen, zoals: Directie, Hoofd inkomstenafdeling, Huismeester, Hoofd arbeid, Verpleger, Tandarts, Onderwijzer, Recreatie/Sportleider, Kantinewinkel, Kapper... Of die kapper nog steeds komt weet ik niet, ik betwijfel het, moe als die man is van de geintjes die we met hem uithalen. Hij moet z'n vak geleerd hebben in een tijd dat je al een diploma kreeg als je maar een tondeuse kon vasthouden, wie er ook bij hem in de stoel komt, hij wil meteen met die tondeuse erop los. De gevangenen verzonnen ingewikkelde coupes waar de arme kapper nog nooit van had gehoord: 'ja zeg, nee maar' hakkelend en z'n elektrische haarhapper aan- en uitzettend, bevreesd voor de klappen die z'n klanten hem toezegden als hij faalde. Hij is ook eens, voor de gein, door een paar man op z'n eigen stoel geplant en bedreigd met een kaalgeschoren kop als hij niet twee kwartjes van de prijs afdeed – 'Jja zeg, weten jullie wat ik hier vverdien, nee maar, denken jullie dat ik hier voor m'n llol ben?!'

Wat ik goed kan gebruiken is een fijnmazig netje, ik zou dat als een hangmat van muur tot muur spannen, de stoel erbij pakken en dan op m'n dooie akkertje de hele mikmak voor eens en voor altijd sorteren. Dit bij voorbeeld, de nagedachtenis aan een overleden vriendschap; moet ik dit smartelijke truffeltje blijven koesteren als een relikwie dat me zogenaamd nog steeds aan het hart gebakken is? Ik gooi het in het netje, net een aangebrand stuk vlees, ik pook er met een vinger in en herinner me de dag dat een bewaarder mij M.'s laatste brief bezorgde... 'het spreekt daarom vanzelf dat wij geen vrienden meer kunnen zijn.' Nou en of, zulke dingen spreken nu eenmaal 'vanzelf' en 'daarom' ontdoe ik me ten slotte van een moordkuil. D'r kan nog een foto bij die ergens op een van de planken in de kast moet liggen, en als ik toch bezig ben kan alles wat geweest is mee de kuil in, netje incluis, negen voet onder de grond.

Zich voorbereiden op de nacht; honderd man hebben dat achter de rug in de geest van het Reglement: 'Zij zullen zich klaarmaken voor de nacht.' Met dien verstande dat 'daartoe gelegenheid zal worden geboden van het toilet gebruik te maken'. En dan begint het in elk van die cellen te donderen, de plotselinge stilte is enorm en voor een enkeling is dat het sein om te gaan brullen, terwijl anderen zich met een zucht van verlichting op bed laten vallen, of als robots beginnen te ijsberen, een gaat zelfs op z'n knieën en begint te bidden zonder veel hoop dat zijn God hem zal zien. De nieuwelingen pennen zich lam in brieven aan hun vrouw, waarin ze zich beklagen en vertellen hoe onzeker alles is, maar de oudgedienden knopen hun broek open en sjorren zich gedachteloos in een sombere slaap. En misschien, op ditzelfde ogenblik, neemt een van ons het besluit om hedennacht zijn leven te beëindigen, en misschien is dat de verstandigste beslissing die hij ooit heeft genomen. Een cel verderop neemt een man juist het besluit dit *niet* te doen, hij kan de verstandigste man van de wereld zijn. Het is heel goed mogelijk dat dit besluit hem wordt ingegeven door de onophoudelijke regenval; toevallig erg gesteld op dat getik tegen zijn venster kán hij er geen afscheid van nemen, waarom zou hij dan. Het Reglement spreekt er met geen woord over – wat het Grote Vriendelijke Oog niet ziet, behoort, tussen die vier muren, aan de gevangene en aan hem alleen. Ik blijf wakker zolang ik kan, rokend, lezend, denkend, hinderlijk verontrust door wat de onderdirecteur heeft gezegd.

's morgens, na het luchten

In het begin waren de tijdaanduidingen *lastig*, de noodzaak om te schrijven ontbrak, nu ligt dat anders. Wat buiten mijn bereik lag heb ik steeds kunnen overzien, ik bouwde er bunkers omheen en had ontzag voor het onverzettelijke materiaal, ik wist mij aan alle kanten beveiligd. Sinds gisteren zit er rot in mijn beton, een plek ter grootte van een sterretje! Morgen, denk ik, hoe groot zal het morgen zijn? Het zal groeien als een jonge sterke bloemkool, en ik grijp het rolletje nooit gebruikt verband en meet de groei en heb m'n mond vol van *gisteren* en *morgen*. Ik ben er niet langer zo zeker van dat ik mijn papieren open en bloot op tafel kan laten slingeren, het is bespottelijk maar in een paar uur tijds ben ik aan 't wankelen gebracht.

'Gaat het nogal, jongen,' vroeg ome Piet toen hij me op de luchtplaats liet. Ja, stel je voor, in alle ernst: iedereen zegt *ome* Piet, en het is ook een beste kerel die mij dit al zo vaak heeft gevraagd... Vanochtend klonk het verdacht, ik keek hem aan, en hij zei: 'Breek het lijntje niet, jongen' – achterdocht. Ik ken het van vorige keren, ik heb lang genoeg de tijd gehad dat valse gefluit van buiten te leren, in de veronderstelling verkerend dat ik het op een dag vergeten zou zijn. Er zijn dingen in beweging gekomen die zich nu door mij niet meer laten beïnvloeden, wat ik nu nog kan doen is me verweren. Het evenwicht herstellen en niet bang zijn voor het wankelen! Schrijven kalmeert me, ik heb het nodig de woorden vóór me te zien om mezelf in te prenten dat er nauwelijks reden tot paniek is. Zo'n dag als vandaag, met dat luchten, werpt zich met de kracht van een os in mijn nek. De keien waren glad, ik liep met m'n handen op m'n rug en ik dorst niet tegen de gevel op te kijken, ik zag dat het onkruid nog standhield, bij de muur een bewaarder die een regencape omsloeg, en toen ik uiteindelijk toch mijn blik langs de getraliede vensters liet gaan schaamde ik me tegenover de

anderen die normaal gesproken de rondjes met mij draai-
en.

twee dagen later

Twee hele dagen, naar ik aanneem, zijn verstreken. Ik
zou ook kunnen zeggen: ik heb de eeuwigheid zich op
mijn celvloer zien uitstrekken, een ongeschoren kerel die
z'n ogen niet van me afnam en me met pesterige opmerkingen uitdaagde hem te lijf te gaan. Zoek een dikke tak,
zei hij, en ransel me. Zet je handen aan m'n keel en wurg
me, laat je niet kennen en geef me eens een flinke opla-
waai, toe maar, dat is toch wat je wil? Als ik de pen pakte lag hij onder m'n stoel en krabde zachtjes aan de zitting, ging ik op bed liggen dan kroop hij naar het voeten-
eind en drukte op m'n benen. Zodra het donker was deed
hij het licht weer aan, er voor zorgend dat mijn aandacht
geen moment verslapte. Blijf wakker, riep hij, en hij stak
zich in allerlei vermommingen; hij werd een gerafeld
dweiltje en vroeg erom in een hoek gegooid te worden,
even later zat hij als een mondaine vrouw op de rand van
de tafel z'n nagels te lakken, met hetzelfde gemak brak
er een bult uit z'n rug en hij werd een kameel die een geur
afscheidde waarvan ik moest overgeven. En dat twee dagen lang! Ik snakte naar frisse lucht, maar dat lege plein
hield me tegen. De concentratie om een boek te kunnen
lezen bracht ik niet op, de maaltijden bleven onaange-
roerd en elke keer als ik de sleutel in de deur hoorde verwachtte ik iets verschrikkelijks. En dan was er die droom
die z'n kans schoon moet hebben gezien toen ik even in-
dommelde... een kade met mensen die op hun knieën liggen en zich over de rand heenbuigen, ze roepen naar elkaar en vragen om meer licht, een politieman richt z'n
schijnwerper op het water – 'Daar! Daar drijft iets!' Ze
hijsen een lichaam op de kade, het is Stoep...

Cel 7 doet mee als vanouds, terug in de gemeenschap en ik wou het meteen laten weten aan Riekus die in z'n kokspak over het vlak banjerde: 'Riekus, ouwe jonge!' 'Hé, kanebraaier!' Z'n vieze lachje was een eersteklas welkom-thuis-woord, half en half verwachtte ik applaus te horen en handen te schudden van kameraden die me gelukwensten... Het brood kwam er aan, er was veel geloop op de ringen, de bedrijvigheid ontrolde zich voor me op het balkon van dit wrede theater, en ik stond ferm in de deuropening alsof ik me schrap moest zetten tegen de heftigheid waarmee het op me af kwam; de scherpe geluiden die zich voor zolang het duurde hadden losgemaakt van het decor dat later alles weer zou absorberen, en toedekken, die ijzeren huid waar je je vingers aan openhaalde; ze liet een paar minuten met zich sollen en al die figuurtjes mochten een keel opzetten en hun schoenen op de ringen laten dreunen, maar het speelde zich allemaal af op de vierkante millimeter, twee stappen te veel en je stootte je kop, en die twee stappen waren al lang gemaakt zodat het massale geluid van die botsing bij een ieder nagalmde, ook in mij... En ik herkende het mechanische in mezelf en in de anderen, ik besefte hoe gevangen wij zijn in onze belabberde acteerprestaties, en ik voelde die onzichtbare duisternis die ons bestuurde, traag en doelloos... 'Hoeveel sneetjes,' vroeg de brooduitdeler – 'Doe maar zes,' zei ik, de deur viel dicht, het was als vanouds, zoals het nooit zou veranderen, en zoals het ook zonder mij doorging... Uit het oog uit het hart, wat dacht je, wie uit de boot valt heeft pech, verdómde pech. Ik moet zorgen in de race te blijven, weer gewoon meedraaien en elke commotie vermijden.

's morgens
De Sultan bazuint overal rond dat hij de Arabier zal ver-

moorden, de koffieboy heeft 'm tegen de huismeester horen zeggen dat het tijd werd voor een grote schoonmaak, waarop de chef vroeg wat hij bedoelde en de Sultan een van z'n smerige tirades tegen de buitenlanders afstak. Een zwarte gevangene die hoorde wat de koffieboy vertelde liet er geen twijfel over bestaan dat hij en zijn vrienden klaarstaan, mocht het ooit zover komen. We liepen over de luchtplaats, een stelletje gevangenen bij elkaar, blank, bruin en zwart, het deed er niet toe, maar als de vlam in de pan sloeg zou die vanzelfsprekende vriendschap op slag veranderen, en de een zou tegenover de ander komen te staan, de idiote toevalligheid van je huidskleur zou bepalen wie je vrienden en wie je vijanden waren. Ik zei tegen de zwarte gevangene dat hij mij maar een seintje moest geven als het zover was, dan zou ik met genoegen aan hun zijde vechten tegen die blanke superklootzakken zoals de Sultan. We maakten wat geintjes over en weer, en iemand zei dat spoedig de winterslaap zou beginnen en dat het voorjaar de beste tijd voor relletjes is. Wat dat betreft is het voor Yoesoef altijd lente, ik zag hem bezig voor zijn cel; hij had al z'n beddegoed naast z'n deur gegooid en met een theedoek om z'n hoofd geknoopt deed hij de afwas in een teiltje dat aan alle kanten lekte, zodat het water op z'n dekens droop. De bewaarders lieten hem z'n gang gaan, nu hij geen aardappels meer mocht pitten zouden ze wat anders moeten bedenken om hem bezig te houden. De arme donder blijft nog heel lang bij ons, net als Riekus, en net als meneer Liem. Van de weinigen die naar huis gaan komt het merendeel vroeg of laat weer terug, ze hebben dan aan den lijve ondervonden wat ze al die tijd al wisten: ze zijn te lang begraven geweest om nog te kunnen leven in de open ruimte.

Na het luchten heerst er altijd een milde wanorde in

het gebouw, veel gevangenen zijn buiten hun cel en hebben geen haast, iedereen probeert tijd te rekken en slentert op z'n gemak naar z'n hok. Ik maakte een omweg
over een andere vleugel en kwam langs het ziekenzaaltje
waar ook Truus wordt verzorgd. Een jongen die ik niet
ken klampte me aan en vertelde ongevraagd over de oor-
suizingen die hem al maandenlang teisterde, of ik een mid-
deltje wist tegen slapeloosheid. 'Alles kost geld,' antwoordde ik, want zo is het. 'Weet je,' ging de jongen verder, zonder acht te slaan op wat ik zei 'weet je wat ik zo
schofterig vind, dat ze me niet eens toestemming geven
naar de begrafenis van m'n eigen broer te gaan. Ja, met
een stok in m'n broek en onder gewapende begeleiding,
dank je lekker, zo kan ik m'n familie toch niet onder ogen
komen?' Ik klopte hem bemoedigend op de schouder en
informeerde naar Truus. 'Die,' zei de jongen, een vinger
tegen z'n voorhoofd tikkend, 'kierewiet van achteren en
van voren, zit alweer dik een uur bij de psychiater.' 'Dan
is die teef in bekwame handen,' lachte ik, en na de jongen
een pluk shag en wat vloeitjes te hebben gegeven liep ik
door. Mijn eenmalige contact met de psychiater van het
huis dateert alweer van ik weet niet hoe lang geleden, ik
was al van de observatieafdeling af... Hij vroeg mijn
naam, celnummer en registratiecode, ik was op m'n hoede. Op zijn bureau lag een appel, gewoon een appel.
'Waar denk je aan,' vroeg de psychiater. Ik heb hem alleen aangekeken, volgde z'n hand die de appel van het
blad stootte. Hij rolde een stukje over het tapijt, ik raapte 'm op en legde 'm terug op het bureau. 'Waar dacht je
aan toen je de appel opraapte?'
  Opeens sprong de geleerde in de vensterbank en hield
zich vast aan de gordijnen. 'En nu?' Mijn mond viel
open. Ik moest een boom tekenen, de inktvlekken uit de
oude doos bekijken en vertellen of ik vaak masturbeerde.

'Vrij vaak,' zei ik, nieuwsgierig of hij verder zou informeren: – hoe vaak is vrij vaak?, op welke uren van de dag? en uiteraard, waar denk je dan aan? – maar nee, ik mocht gaan, hij scheen genoeg te weten. Iedereen is mesjokke hier: gajes, honden en varkenshoeders.

later

Het is meneer Liem gelukt zich met een smoesje langs de bewaarder te werken, we hebben tien minuten in mijn cel zitten praten. Hij op het bed en ik op de stoel. Helaas waren er geen nieuwe boeken binnengekomen, maar hij bracht een baaltje shag. Hij gaf het me en keek verlegen naar het plafond, het kan best zijn dat wij tegelijk doordrongen waren van de ongebruikelijkheid van zo'n vriendelijk gebaar; voor een verleende dienst staat altijd een wederdienst, je leert hier alles wat aardig doet te wantrouwen. Ik had tegen Liem willen zeggen: 'Weet u wat ze straks willen weten van me, de jongens die de hele dag in hun broekzakken woelen?' Bij meneer Liem hoef ik zulke dingen niet op te merken, hij laat ze voor wat ze waard zijn. 'Hoe gaat de schrijverij?' Ik vroeg hem naar zijn oordeel over de papieren, of ik ze moest verstoppen of niet – 'Ze kunnen mij mijn bibliotheekbaantje afnemen wanneer zij dat maar willen, zij zijn mij geen gunsten verplicht, en wat ze de ene dag goedvinden kunnen ze de volgende keer verbieden, dat is hoogst onvoorspelbaar.' Hij schakelde meteen over op wat ik van Hamsun dacht, zag ik hem in dezelfde orde van grootte als Dostojevski? Ik beschouw het als een voorrecht dat zo'n man met mij van gedachten wisselt. Steeds meer raak ik er van overtuigd dat hij kracht put uit een bron die alles te maken heeft met de grens die hij overschreed toen hij besloot zijn vrouw te doden. Een ander zou zich uit wroeging waarschijnlijk ophangen, maar meneer Liem lijkt door zijn daad een hoger bewustzijn te hebben bereikt. En ik? Wat heeft mijn daad mij gebracht? Er zijn dagen dat ik niet eens weet waarom ik hier ben, dan herinner ik het mij weer en het komt me voor als een futiliteit, een ongelukje dat ze mij op den duur wel zullen vergeven... Door zo te denken sta ik al bijna op straat en vliegt alles me aan, de woorden van de onderdirecteur, de gunstige beoordelingsrapporten en het verzopen lichaam van Stoep dat op de kade wordt gehesen... De bewaarder tikte beschaafd tegen de deur: ' 't Is welletjes, meneer Liem.' Na zijn vertrek speet het me hem niet verteld te hebben van de dreiging die me boven het hoofd hangt, ik had ook meer over 'de schrijverij' willen opmerken. Inmiddels staat het eten op tafel, kapucijners met spek.

een zondag

'De duivel hale ons, het is weer zondag,' hoorde ik een gevangene verzuchten. Daar heb ik geen last van, voor mij is het een dag als alle andere. Het tempo ligt wat lager, maar sinds ik niet meer werk zit er kop noch staart aan de week. In de kerk zien ze mij niet, en mocht de zingende gemeente onverhoopt de Elysische velden ontdekken, dan volstaat een kaartje met de woorden HET IS HIER FIJN! Dat geluk gun ik een ieder die kennelijk niets beters omhanden heeft. Ik op mijn beurt zou ze een kaartje terug kunnen sturen met de verzekering dat alles hier bij het oude is, en dus naar tevredenheid verloopt. Ik zou het kaartje kunnen versieren met wat pitten van een sinaasappel die ik onlangs heb verorberd, voorts zou ik er nog wat koffie op kunnen morsen, een paar tabakskruimels en er een draadje uit mijn overall bijleggen; het geheel kon dan zo worden bijgezet in het praalgraf van de illusie waarmee die zoekers zich gevoed hebben. Uit volle borst zingend, de blik omhooggericht om maar te proberen de goden wakker te schudden, wensen ze zich die hemel die zich over hen moet ontfermen en hen moet vertroetelen. Wat een vergissing! Ze weten niet wat er voor hun voeten ligt, ze trappen er op, ze zien het niet, en van mij mogen ze. Laatst stond er een op de ring te dansen en te springen – 'Ik ga naar huis!' jubelde hij, en hij bleef het maar herhalen alsof het in z'n kop was geslagen. Ik had hem een spiegel willen voorhouden om hem zelf te laten oordelen of je met zulke littekens nog ooit naar huis zou kúnnen. Vergeefse moeite, spilzucht, de dingen die er niet toe doen, kwesties die geen andere kwaliteit hebben dan dat ze bedreven zijn in het bloedzuigen – daar ga ik met een boog omheen. Ik vervolmaak mijn streven dat mettertijd zelfs geen streven meer zal zijn. Eindelijk is het zover dat ik nu 's morgens kan opstaan en 's avonds weer kan gaan liggen, zonder dat er in de tussentijd iets noemenswaardigs passeert. Het leven als een Japanse prent, verzonken schoonheid op broos perkament, een stille doodsverachting die met fijne penseelstreken in eindeloos geduld de vergankelijkheid betwist. Als ik douchen mag ben ik daar dankbaar voor, komt er eens een koekje bij de thee dan geniet ik van het kleine. Ik lees wat ik te pakken kan krijgen, ik spreek de bekenden op de luchtplaats, de vloer van m'n cel is altijd schoon. Leeg zijn de dagen, nog maar zelden pak ik de pen om er een onrust mee te bezweren. Bij een van de celcontroles nam een bewaarder de papieren op, schudde aan de bladzijden om te kijken of er iets uit viel en dat was al. Een dagboek bijhouden is net zo nutteloos als een horloge dragen. Met wat ik voor dat klokje heb gevangen kan ik voorlopig roken, dat hoef ik niet allemaal op te schrijven, alleen als ik zin heb een voorvalletje te noteren doe ik dat. Ben ik geen vorst in eigen koninkrijk? Buiten sneeuwt het, ik maal er niet om zolang de temperatuur in de bunker bestendig blijft.

een willekeurig moment

Nog even en ik staak al mijn bezigheden. Volgens de werkmeester doe ik er verstandig aan wasknijpers in elkaar te zetten, hij heeft een zak mijn cel in gesleept en gedemonstreerd hoe het werkt. Het is vermakelijk om langdurig naar die zak te kijken en te voelen dat ik 'm de baas ben; hij krijgt mij niet in beweging. Recreatie? Sporadisch laat ik me verleiden een film te zien, zo nu en dan doe ik mee aan een dam- of kaartspel. Voor zover er nieuwtjes zijn die me interesseren hoor ik ze daar op gefluisterde toon. Momenteel is de selecteur hét onderwerp van gesprek. O ja, die selecteur houdt de gemoederen bezig, en vreemd genoeg niet alleen bij de gevangenen die iets van hem te verwachten hebben, ook de mannen die reeds lang geleden bij hem zijn geroepen praten over wat hij toen en toen zei. Ze halen herinneringen op aan hun verblijf in uiteenlopende gestichten en tehuizen, en ik heb al meegemaakt dat iedereen de damborden in de steek liet om te luisteren naar een van die geschiedenissen waarin de selecteur als een soort god z'n ondoorgrondelijke besluiten kenbaar maakte. We schoven onze stoelen gezellig rond de verteller, een gerijpte crimineel met verbaal talent, en we hoorden zijn relaas aan. Herhaaldelijk klonk er gedempt gelach in het recreatiezaaltje, hij vertelde het mooi en het was ook een maffe geschiedenis vol vergissingen die voort waren gekomen uit een curieuze selectieprocedure. Tegen zijn zin was hij uitverkoren voor een penitentiair trainingskamp, waar hij bomen moest kappen en als een soldaat over een hindernisbaan moest tijgeren... 'Die hindernisbaan zeg ik je, dat was geen lolletje! Een zanderig terrein met obstakels van opgeworpen houtblokken, greppels en slordig neergelegde rioolbuizen. Aan een stellage bungelden touwen, we werden er door een mafkees in trainingspak achter mekaar ingejaagd, naar de top van die galg, daar aangekomen touw loslaten en vallen, opstaan, rennen naar de volgende hindernis, een diepe kuil, moesten we in springen en in looppas tegen de andere wand weer omhoogklauteren. Zie je 't me doen? Ik was een ouwe lul vergeleken bij al die jonge broekies die daar hun hart kwamen ophalen en al lang blij waren dat ze uit hun cel mochten. Maar ik had er nooit om gevraagd om in een vakantiekolonie ergens in de binnenlanden door het zand te ploeteren... Maar die vent in dat trainingspak riep "hup" en "geef gas" en "TEMPO!" Bij de rioolbuizen brulde hij "TIJGEREN!" en wij lieten ons vallen en kropen vooruit. We kregen daar lik op stuk zeg ik je, en het heeft me nog verdomd veel moeite gekost om weer gewoon in een normale bajes opgeborgen te worden, achter tralies en stevige muren. Ik heb die selecteur nog een brief geschreven, met het vriendelijke verzoek of hij zijn geintjes voortaan op anderen wilde uitleven. Maanden later kreeg ik een briefje terug en toen bleek dat het een "experiment" was geweest van het ministerie, ze zeiden erbij dat ze het als mislukt beschouwden en dat ik voor verdere resocialisatie in die mate niet meer in aanmerking zou komen. Bof ik effe, hè, wat jullie?!'

Het zo fluisterend begonnen verhaal eindigde met applaus voor de verteller en als een bewaarder de bijeenkomst niet had opgebroken waren we doorgegaan. Ik herinner mij de selecteur, zij het vaag, van het korte gesprek waarin hij meedeelde dat ik naar deze bajes zou verhuizen. Een rijzige man die onder het spreken aan z'n vingers trok, of misschien verzin ik dat wel, maar hij had een tic en ik ergerde me eraan. Een notaris die door zijn manier van doen met gemak in z'n eentje de hele kamer vulde, een afgezant eigenlijk van het *apparaat*. Een reizend ambassadeur die in het hele land gevangenissen aandoet, z'n aktentas openknipt en z'n beslissingen voorleest – jij naar maximum security, jij naar een open kamp, jij naar een halfopen kamp, noem maar op. Een man met gezag en bevoegdheden, en nu wordt hij dus binnen een week hier verwacht. De jongere gevangenen winnen links en rechts inlichtingen in, ze vragen de oudgedienden om advies, een hoop lulverhalen in omloop zorgen voor een nerveuze sfeer. De pas veroordeelden hopen, ze vrezen, gespannen wachten ze de komst van de selecteur af. Je zou zweren dat de Messias in aantocht is, de gemeenste boeventronies oefenen zich in het opzetten van een onschuldig voorkomen en het uitdragen van een vrome inborst. Dat die onzin maar gauw afgelopen mag zijn, ook voor de mensen die niet weten dat de besluiten al lang genomen zijn, de sukkels die in de maling worden genomen waar ze bij staan en die nog geloven dat het wat uitmaakt als je een schoon hemd aan hebt. Al ga je in je blote reet naar de selecteur, in wézen scheelt het nul komma nul aangezien de klappen al gevallen zijn. D'r is natuurlijk niks op tegen een ander eens een pleziertje te doen, een kam door je haar te halen en netjes in een zakdoek te hoesten – wat zou daar op tegen zijn? Maar *waardigheid*, ha ja, ook de afgezant stelt het op prijs z'n klantjes gewassen bij zich te krijgen, zij dienen zich 'waardig' te gedragen. Ze krijgen een stoel en hebben de bevindingen aan te horen en commentaar te leveren wanneer ze dat gevraagd wordt; dát noemen ze de waardigheid van de gevangene, gelaten aanhoren hoe de rechters hun levenslang uitspreken... Ik weet van een vent die piekfijn gekleed z'n vonnis ging halen: vijftien jaar. Hij tekende hoger beroep aan en verscheen in een slobberige vrijetijdsbroek op de zitting: uitspraak twaalf jaar.

Bij mij op de ring zit een nepjurist, een slome knaap die allerhande avondcursussen volgt en iedereen naloopt met het wetboek om er passages uit te lezen. Hij kletst vaak over 'onrecht dat ons straffeloos wordt aangedaan', de dagen zijn te kort om z'n klaagzangen te kunnen bevatten, het onrecht stroomt uit z'n oksels en het loopt 'm langs de benen... 'Volgens paragraaf zoveel hebben wij recht op minstens eenmaal per week...' Zeg je dan dat-ie een deur verder moet gaan, komt hij weer met 'heus, ik wil je helpen, wij moeten elkaar steunen'. Hij schijnt overplaatsing aangevraagd te hebben en zegt precies te weten met welke argumenten hij de selecteur moet vermurwen. Bij gelegenheid zal ik hém eens met een boek nalopen, en 'm voorlezen wat er in *De Lof der Zotheid* over de schoolmeesters staat geschreven: 'stellig het rampzaligste, ellendigste en bij de goden meest gehate mensenslag.' Ik zal hem zeggen dat hij moet oppassen niet tegen de bommen in mijn jas te stoten, hij beseft niet hoe lichtgeraakt die ontstekingsmechaniekjes zijn, vooral wanneer types zoals hij me met hun geleuter achterop komen. De selecteur moet hem maar verbannen naar een ver oord in de provincie, laat hij dáár de rust verstoren en het moreel ondermijnen. Verdomd, ik mag hangen als dat niet zowat het enige punt is dat in het nadeel van deze tent spreekt: de volmaakte onverschilligheid waarmee je pas verworven rust keer op keer bezwijkt voor een aanslag op je zenuwen. Je denkt dat je alles onder controle hebt, je spreidt je geluk op tafel uit en je meent dat het zo minimaal is dat het een ander niet zal opvallen...

volgende dag

De betonrot breidt zich weer uit! Een inspectietocht langs de muur leerde me dat het steen poreus begint te worden, hier en daar brokkelt het af. Plekken zo groot als twee bloemkolen laten de wind door en geluiden, geuren en herinneringen worden uitgespuwd als door een misselijk beest dat zich aan de andere kant van de muur staat op te winden en naar binnen wil. De anderen schijnen het niet te merken, ze klagen wel over de kou en zoals altijd over het eten, maar voor de rest wachten ze gezamenlijk op de man met de aktentas. Het geknaag komt nu van twee kanten, van buitenaf en van binnenuit en de marge in het midden slinkt en lijkt minder solide. Ik zou meneer Liem om zijn mening willen vragen maar hij heeft het te druk, iedereen is druk met dingen die mij ontgaan. Riekus pakte me bij de elleboog en vroeg me met een ondertoon van paniek in z'n stem of ik kon zien dat hij gerookt had... 'Gerookt?' 'Je weet wel, kun je het aan m'n ogen zien, zijn ze rood?' Ik begreep niet waarom hij dit aan mij vroeg en wat het voor belang zou kunnen hebben, Riekus die overal maling aan had maakte zich opeens druk over z'n ogen...

'Wat is er verdomme toch aan de hand met jullie allemaal,' vroeg ik nijdig.

'De selecteur komt zeer waarschijnlijk vanmiddag al.'

'Nou en?'

'Snap je dat niet, uilebal, dan heeft-ie ook de voorwaardelijke invrijheidstellingen bij zich. M'n reclasseringsambtenaar zegt dat ik een kans maak, misschien dat jij...'

Ik ben weggelopen en heb me eerst op de wc ingesloten en ben later op bed gaan liggen – dit kan niet waar zijn. Het is een kloterige grap van die koksmaat, hij liegt en wil me op stang jagen... Voorwaardelijke invrijheidstellingen worden niet verstrekt aan gevangenen zoals wij, dat weet hij verdomd goed... Wij hebben gekozen voor dit graf, hij, ik, meneer Liem en alle vaste jongens die niet meer aan de oorlog willen deelnemen... Of zou, nee, het kán onmogelijk waar zijn, het is een leugen, wat...

Ik moet inlichtingen hebben, betrouwbare gegevens die mijn gelijk zullen bevestigen, maar wat als tóch...

even later

Een bewaarder heeft het bevestigd! De selecteur is in aantocht en hij heeft inderdaad de bevoegdheid om ministeriële beschikkingen aangaande vervroegde vrijlatingen uit te reiken! 'Ik wil je niet blij maken met een dode mus, maar je staat op de lijst en maakt een aardige kans...' Dat zei die godvergeten sleutelknecht, en ik zag de grond onder m'n voeten draaien, kon me nog net staande houden tegen de muur die papperig aanvoelde en m'n gewicht nauwelijks opving. Ik heb mezelf tot nadenken gedwongen, maar er komt geen bruikbaar plan, nu het er om spant blijken de reservoirs uitgeput, geplunderd. Het eten werd bezorgd en ik heb er zelfs niet aan durven ruiken. De siësta bracht ik door op m'n stoel, kettingrokend, in m'n papieren graaiend, dan weer ijsberend en m'n lot vervloekend. Het is ongeveer drie uur, ik hoor de schenkers met de ketel op de ring en ik zal meteen vragen of ik naar de plee mag, misschien loop ik tegen een wonder op en keert alles zich nog ten goede.

's avonds

Zij die menen hier geen bergen aan te treffen zouden de diepe dalen moeten zien, na ze doorkruist te hebben zou men beter weten. De Almachtige is niet gekomen. Tot aan de brooduitdeling – toen het honderd procent zeker was dat hij niet meer kwam – ging ik aan repen door de spanning. Ik heb vroeger soortgelijke spanningen bij anderen waargenomen en medelijden gehad, wetende dat ik niets voor die gevangene kon doen op zijn weg naar een vulkanische uitbarsting die hem aan het eind in de isoleercel zou brengen. Vanmiddag nog, uit de wc komend, was ik er getuige van hoe Yoesoef een gevangene achtervolgde die om hulp riep – 'Hij wil me verkrachten, help! Hij probeert me te verkrachten!' De toeschouwers keken lachend toe en niemand stak een poot uit; de Arabier werd voor gek versleten en de gozer op wie hij het gemunt had stond bekend als een achterbakse slijmbal, aan hem zou niets verloren gaan. Maar hij vluchtte de kamer van de huismeester binnen, de Arabier achter hem aan en daar schijnt zich een matpartij te hebben afgespeeld die de huismeester in elk geval een ontvelde kaak, de slijmbal een gebroken neus en Yoesoef een meedogenloze afstraffing van de bewaarders opleverde. Dat pak slaag lieten ze ons niet zien, iedereen die buiten z'n cel was werd achter de deur geduwd, maar het schreeuwen was op de derde ring te horen. Dit gekkenhuis heeft geen lente nodig om relletjes aan te moedigen, het wil het hele jaar door wel knallen en z'n bewoners tot het uiterste drijven. Ik hoef er niet aan te twijfelen dat geen van mijn vrienden iets anders kan doen dan toekijken als het mijn beurt is.

Vannacht zal ik de slaap bevechten, strijden tegen de nacht die me als een gewiekst zakkenroller tijd ontfutselt, en de seconden zijn opeens weer goud waard. Het uitstel zal van korte duur zijn, morgen al kan ik verjaagd worden, met een voorlopig ontslagbewijs en wat kleingeld voor de bus... De tempel die ik heb willen oprichten, en die zo onneembaar als een bunker moest zijn, heeft geen moment echt bestaan; terwijl ik dacht dat de stenen die ik aansleepte voldoende bescherming boden, hoefden de rapporteurs maar het schildje voor het kijkgat te verschuiven om zich vrolijk te maken over mijn pogingen die alle tot mislukken waren gedoemd. Ondanks mijn zwijgen heb ik anderen niet kunnen verhinderen voor mij te praten, dat is bitter en onherstelbaar. Vechten tegen de nacht? Wachtend op een lumineus idee? Het wordt later en later, en de schaduwen die nu nog wollig de hoeken van mijn cel vullen, zij zullen zich met de eerste tekenen van de dageraad uitrekken en plaats maken voor een orgie aan scherpe geluidjes, feitjes, heen en weer geloop en de wrede waarheid dat het waarschijnlijk voor het laatst is; dat er hierna geen Koninkrijk komt, geen empyreum waar de zaligen hun eeuwige woonplaats hebben gevonden, dat ik daar niet zal arriveren... 'Richt je schijnwerper op het water, daar! Daar drijft iets!' M. zal zich tussen de kerels op de kade bevinden en ondersteund door sterke handen houdt ze zich flink en knikt ja op de vragen die ze haar stellen, hoe pijnlijk dit ook voor haar is.

'Waar wacht je op?'

Op een beitel, een cirkelzaag, een galg.

Ik wacht op de moed die vereist is om in de kuil te gaan liggen, de ontstekingsdraadjes met elkaar te verbinden, en nog mee te maken hoe met het begin van de explosie een fontein van kalk en brokken beton zich in mijn keel stort, zodat ik niet toch in een allerlaatste zwakte om vergeving zal smeken. Ik vraag van M., en dit als enige gunst, dat zij met dezelfde onverdraagzaamheid als waarmee ze mij de vriendschap opzegde, beweren zal dat zij mij weliswaar ooit beminde, maar dat zij mij nooit waarlijk heeft gekend, en meer nog: dat zij nimmer een jota van mijn poëzie, zoals ik die hier dacht te vinden, heeft begrepen. Dat is alles, en het is genoeg.

De ochtend kan niet veraf meer zijn, ik schat nog hoogstens enkele uren. Met wat er aan helderheid restte in mijn hoofd, heb ik er dit voornemen uitgeperst: op weg naar de luchtplaats ga ik langs de inbreker, hij komt over één of twee dagen vrij. Ik geef hem mijn papieren, verstopt in *Hoe het groeide*. Hij mag er naar eigen goeddunken over beschikken en het desnoods in de eerste de beste vuilnisbak kieperen die hij op straat tegenkomt. De woorden zouden zich wel thuisvoelen tussen de lege bierblikjes en de broodkorsten, maar de inbreker is een fatsoenlijke vent en vermoedelijk gaat hij op zoek naar iemand van wie hij aanneemt dat de papieren bij hem op hun bestemming zijn. Zou hij bij M. uitkomen? Is dat wat ik onbewust hoop? Dit is er het uur niet naar om grote woorden in de mond te nemen, ik schreef een brief die nooit mijn cel zou verlaten – voilà, het ijzeren handje uit cel 7 slaat zijn eigen maat, hij hengst op het putdeksel van de necropool, twee-, drie-, viermaal, en dan zwijgt ook hij.

Direct na het luchten (ik neem van niemand afscheid) barricadeer ik de deur van m'n cel; de tafel, de kast, de zak wasknijpers, het bed en de stoel schuif ik er tegenaan. De boeken leg ik in een hoekje op de grond, ik druk mij tegen de muur naast het venster, wachtend

Aantekeningen

Blues voor Joshua werd geschreven in 1981, herschreven in 1982, en gepubliceerd in *Avenue*, december 1983.

Werklust werd geschreven in 1983 en verscheen in *Optima*, tweede jrg., nr. 1, januari 1984. De hier gepubliceerde tekst is de gewijzigde en definitieve versie, die eerder als luxe editie verscheen bij *Phoenix Editions*, Amsterdam 1985.

Warme chocolademelk werd geschreven in 1983, herschreven in 1984, en opgenomen in het door Island International Bookstore uitgegeven boekje *Teksten voor een oude vriend* – Henrik & René Stoute – Amsterdam 1984.

De hobbyclub werd geschreven in 1984, en verscheen in de bundel *26 nieuwe verhalen*, De Arbeiderspers, Amsterdam 1984.

Het ongenoegen van Carlos P. werd geschreven in 1984, herschreven in 1985, en gepubliceerd in *Optima*, derde jrg., nr. 1, voorjaar 1985.

Bunkers bouwen werd geschreven in april/mei 1986, en verschijnt hier voor het eerst in druk.